架空線

架空線

澤直哉

港の人

目次

本をめぐる
こころの
ことばの
形にふれる

以下に収録するのは、二〇二二年七月六日に東北芸術工科大学・文芸科にて行なった講義である。聴講者には講師の設計したA3両面印刷一枚の引用資料集が配布された。加筆・再構成に際し、画像資料と直接参照しなかった引用は割愛した。

0　虚実、天地、空中形式

講師の澤直哉です。どうぞよろしくお願い致します。

ブックデザインについて、とりわけ物としての本について話してほしい、というご依頼で、本日はやって参りました。ところが私の本職は、ロシア文学の研究者です。ですから、実践的なデザイン技術や知識についてお話ししようとは思いません。しかし、ここにいるみなさんは主に文学作品の実作をされる方々だと伺っていますから、文学を専門とする人間が本をめぐってお話しすることには、意味があると思っています。

「本について」をいま、「本をめぐって」と言い換えました。「就いて」というのは「寄り添って、身を寄せて」という意味ですね。「めぐる」というのは、まわりをぐるぐる回るということです。「頁をめくる」の「めくる」と音が近い。まわりをぐるぐる回って近づいていき、触れて確かめてみよう、ということになりましょうか。

それから、「実作」と言いました。私は「創作」という言葉を、極力使わないようにしています。芸術が作るのは主にフィクション、虚構です。「虚」を「構」えて「創」って「作」るだなんて、どれだけこしらえたら気が済むのか。虚構を実作する、と言えばよろしい。また一歩踏み込んで、私がより好もしく思う考え方は、「虚構によって現実を作る」というものです。何かを作ることは必ず、新たな、別の現実を生み出すことだと考えます。なぜならそこには、かつて存在しなかったものが生まれるのですから。

嘘を吐いてよい、ということではありませんよ。嘘は現実に取って代わりたがるものでしょう。そうでなくて、繰り返しますが、新たな、別の現実を生み出すのが「虚構」です。

このことをすこしちがう角度から考えていて、最近は「架空」という言葉をしつこく使っています。「虚構」と音が近いのもよい。対になる言葉として、「着地」を思い浮かべます。思い浮かべる——人間の思い、心や言葉は、まず虚構として空に架けられる、なにやら宙に浮いたものです。しかしそれは、この現実のどこかに必ず着地する。私がブックデザインや本に強い関心を持っているのは、ひとりの小さな人間の心や言葉が生み出す虚構が、どのようにして形ある物となり、複数の人間に共有される現実となるのか、という問いが、文学の、もっといえば人間の思考様式や存在形式の根本に関わるのでないか、という直観があるからです。

何が言いたいのか。本というものが、この地上と空、現実と虚構のあいだで両者を結ぶ何かであるように私には思える、ということです。詩人の平出隆が、ある時期から「空中の本」という理念を提唱しています。本が地面にあることはほとんどないのでないか、というのですね。机上にあったり書架にあったり、手に持たれたり、本は大体、滞空している。二〇世紀ロシアの作曲家アルトゥール・ルリエに《大気のかたち》と訳されるピアノ曲があって、これは《空中形式》とでも訳した方がよいのではと思いますが、本というものはこの空中形式でないか、と感じるわけです。

たとえば、いまみなさんにA3両面印刷一枚の資料をお渡ししています。これは一週間ほどまえに私がInDesignで作りはじめたものです。ここに私をお呼びくださったトミヤマユキコさんと打ち合わせをして、自分がどのくらいの時間お話しするのかを知り、さてどうしよう、となった。

研究者であり翻訳者であるということもありますが、私は何かを書きはじめるとき、考えはじめるとき、ほぼ必ず他者の言葉を出発点にします。この資料は、そうした他者の言葉――引用だけが縦組み四段に敷き詰められたものです。自分が何を考えているのかを知るために、まず他者の言葉を足がかりにする。ただひとりで考えて書いているのでなく、先人たちと話をしながらある共同の仕事をなしているのだ、という感覚が、私にはどうしても必要なのです。

さて、打ち合わせでトピックはいくつか出しましたが、ほぼ白紙状態。そんなときに手がかりになるのが、紙です。ブックデザイナーの戸田ツトムが、おもしろいことを言っています。テレビの情報量が最大となるのはいつかというと、電源が入っていないときだ、という。なぜなら、そこには潜在的にさまざまなものが映り得るわけです。ところが、点けられた途端に特定の情報しか映らなくなり、情報量はじつのところ、一気に減少する。

〈情報〉そのものがまだ立ち現れていないとき……我々はその〈情報〉が何であるかが分からない状態からその実態を把握するまでの間にさまざまな想像をします。たとえば、海を見たとき……あの海に入ったならばとても涼しくて気持ちがいいだろうなとか、小さな魚はいるだろうか、と、思いが浮かびます……その想像の量のことを〈情報量〉というのではないでしょうか。

具体例を挙げれば、テレビを点け、コマーシャルが流れ出した瞬間に、我々が受け取る〈情報量〉は極端に下がります。何故ならば、たとえば「お酒のコマーシャルをやっている」ということ以外の定義ができなくなるからです。つまり〈情報量〉は1なのです。一方、「何が放映されるか分からない」ときには、我々は頭の中でさまざまな想像をします。〈野球中継〉か、あるいは何らかの〈コマーシャル〉か……そういった「待機する状態」の密度が高ければ高いほど〈情報量〉が高いと捉えられるかもしれません。

『陰影論　デザインの背後について』

人間はこの最大限の、ほとんど無限とすら感じられる可能性、情報量になかなか耐えられない、あるいは耐えられなくなってしまったのでないか、と思います。テレビやPC、スマートフォンの真っ暗な画面を見ると、不安を感じませんか。言葉の世界に置き換えてみると、沈黙ですね。目のまえの人間がただ沈黙するばかりであったら、不安になりませんか。ただ、ロシアの詩人ゲンナジイ・アイギも、おもしろいことを言っています。


静寂と沈黙（詩における）とは――同一でない。

沈黙とは――我々の――「内容」をもつ静寂である。

「ほかの」沈黙があるだろうか。

「無は――ない、神はそんな戯事にかかずらいはしないだろう」――ロシアの神学者ウラジーミル・ロスキイは言う。

これは――「我々のもの－でない」〈沈黙〉のこと。「それに加えて」、世を去りし者らの――沈黙をもつ――静寂のことでもある。


『沈黙－としての－詩』

詩における沈黙は単なる静寂、つまり無音とはちがうという。沈黙とは、これまでに発された言葉、これから発されるかもしれない言葉がひしめく静寂なのだ、というわけです。

ところで、頭のなかが真っ白になる、なんて言い方がありますが、真っ白な紙をまえにしたときはどうでしょう。白紙状態、というとき、人はすでに紙を思い浮かべているはずである。どんな大きさなのかはわからない。けれども、紙が紙である所以とはなんでしょう。それは、果てしなく広大な空という想像《イメージ》とちがって、端を、縁をもつことでないでしょうか。頭のなかが真っ白なとき、しかしその白さが無限よりも小さなある限界をもったものとして、背景から独立して現れる。これが、紙の出現でないか。この出現を、戸田ツトムは次のように言い表しています。

紙には、「小ささをここで展開するんだ」と宣言している気配がある。われわれが「紙」とつぶやいた瞬間に、遠近法的なものを阻もうというような力を感じる。A判とかB判とか実際の大きさは、ほとんど意識から消えている。「小ささは力」と言っていいんじゃないか。「紙」とつぶやくのは、とにかく、「このなかで決着させていかなければいけない」という戦闘宣言だ。

鈴木一誌＋戸田ツトム『デザインの種　いろは47篇からなる対話』

それで、人に十分伝わる速さで話せる日本語の分量というのは、一分間に三百字ほどと言われています。四百字詰原稿用紙一枚にも満たない。みなさんがよく手に取るであろう四六判の単行本、この一頁あたりの文字収容量はどうかというと、仮に四三字詰一八行として、七七四字です。本というものの情報圧縮量が、どれほどのものであるかがわかります。仮に一時間お話しするとして、単純計算で一万八千字ほどということになる。しかし、字数もまだ「量」でしかない。何分話せます、と言われるのと結局そんなに変わりません。もうひとつ手がかりが欲しい。それでまず、自分の思考のフィールドをA3一枚両面分、と仮に限定する。

もうこの時点で、人間は本を作りはじめているのでないでしょうか。架空の本です。紙の大きさがすでに確定しています。そして次の段階――私が何も言わずとも、すでにこの資料を二つ折りにしている方がちらほらいらっしゃる。本を作る本能がある、ということだと思います。

紙は一枚だと裏表しか考えられませんが、ひと折りした途端、頁が生まれる。

　A3二つ折りですから、A4判です。この白紙の縁《へり》が手の届く縁《よすが》に、手がかりになる。このフィールドに、さらに「環境」としての版面、つまり文字が印刷される領域をレイアウトしてゆく。土地に家を建てるといってもよい。私は必ず、ノドの余白を起点にします。あとから微調整が必要になることもありますが、本は中心から生まれてくる、と考えるためです。判型、紙の大きさを外から規定し、版面を内側から探って挟み撃ちにする。

　とはいえ、実技についての細かい話はよしましょう。版面は二二字詰三八行四段組みとなりました。これを四頁ですから、一三、三七六字です。ただ、話すことをそのまま書くのではありません。一時間話せるヒントを、足場を用意しておいただけです。ときにこれに頼り、ときにこの他者の言葉たちのあいだを縫うようにしながら、現実に自分の言葉が紡がれてゆくことを想像する。要するに種、ネタ帳で、すべてを参照するわけではありません。ほとんど使わないかもしれません。

　また四頁という分割から、主題を四つに分けられるな、ということを思いつきました。本、こころ、ことば、形——架空の紙から現実の判型《フォーマット》に、主題が着地します。またしても戸田ツトムですけれども、彼は「フォーマットは主題を着地させるエンジンだ。着地は、可視化ということだ」と語っています。

さてこの四つのトピックを、四色で区別できるのでないか。一般的な印刷機やプリンタのインク構成であるＣＭＹＫです。どうして本がスミで、こころがイエロー、ことばがマゼンタ、形がシアンなのか。そこにはルールがある、とだけ言っておきます。私は、いわゆる「美しいデザイン」にあまり興味がありません。デザインであれ、文章であれ、私に必要なのは理想の美学でなく、現実の論理と倫理です。表現でなく、手法でもなく、必然です。

ところで、さきほどから用いている「現実」という言葉があります。Realityですね。その語源は、「物」を意味するresというラテン語です。物としての本を語ることは、本の現実について語ることになるでしょう。あるいは、なかなか到達し難いその実態、在り方をめぐって——言葉遊びのようですが、要するに「本というもの」のことを考えることになるでしょう。

こんなふうに、すでに話が遠心分離機のようにぐるぐると廻転しはじめています。そんなわけで、「地に足のついた」話をお願いされたのですが、ともすればふらついた「雲を摑むような」お話になることを、あらかじめご了承願います。

さて、愚直に「本とは何か」というところからはじめたいと思います。寿岳文章曰く、それは「知識や感情を伝達するために人間が工夫した物質的なしかけの一つ」（寿岳文章『図説　本の歴史』）であるとのこと。なるほど「知識や感情」、今風に言うなら「情報」でしょうか。「しかけ」というのもすこし古臭いので、「メディア」と言い換えてみる。「情報伝達のための物質メディアの一種」といったところですかね。私にとっては、この時点ですでに大変興味深い。

まず「情報」、これはもともとreportの訳語です。「情勢を報せる」んですね。Informationの訳語に用いられるのは、一九五〇年代半ばからだそうです。文学の世界では無味乾燥なものとして罵倒に用いられることが多いですが、私はとても重要な言葉だと考えています。なぜかというと、この言葉には「形form」という言葉が入っているからです。In-formですから、語の形から考えるなら、「形に入れる＝形をもつ＝形成する」ことを意味するのですね。

それから「伝達」、これはtransmissionでしょうが、この語にはちょっと問題がある。送り手から受け手に一方的に何かが渡されるとしても、受け手はそれを解釈して理解するわけですから、情報のやり取りというのは、ほんとうは一方通行なはずがない。そうするとこれは、この語も誤解が多いので難しいが、ひとまずcommunicationと捉えた方がよいと思います。この言葉は「共通の、共有の」を意味するcommonと語源がおなじで、つまり「共通のものにする／共有する」ということです。

そんなわけで、さきほどの本の定義を「情報共有のための物質メディアの一種」と修正しましょう。「情報共有」とは、何かに伝わる・伝えられる形をもたせ、それを誰かと共通・共有のものにする、ということになりそうです。形をもたないものは共有できません。共有されないものは、形をもちません。

しかし、なぜ共有するのか。情報には誰かの関心や利害、英語でいうとinterestが発生するからでしょう。これは語源を考慮して文字通りに読めばinter-est、つまり何かのあいだに存在すること、何かに関係することを意味します。この世界に何かが独立して存在することは、絶対にありません。存在する以上、それは何か別のものに関係しているはずです。

そして「メディア」、これも「中間＝あいだ」を意味する言葉です。何者かにinterestを発生させるinformationをcommunicateするために、誰かと誰かのあいだに立って媒介や仲介をするもの、ということですね。本というものが何なのか、なんとなく摑めてきたような気がします。

なんで英語の話なんかするのか、と思われるかもしれません。あまり細かな話はしたくありませんが、今日私たちが用いている日本語には、いわゆる「翻訳語」が多数あります。日本が近代化する過程で西洋の概念を取り入れてゆくときに、さまざまな異言語に対して旧来の語が充てがわれたり、新たな語が発明されていきました。

ただ、翻訳は、言葉の形そのものを保つことができません。今日の文明が、とりわけデザインなんかはそうですが、主に西洋の概念を基底に据えている以上、もともとの形に遡ってその意味するところを探ることは、むしろ必須のことだと考えます。英語をネイティヴとする人たちもまた、さまざまな語がもつ原義や、その形がもたらす多義性を、忘却しているにちがいありません。それは、私たちがふだん日本語の形や語源に無頓着なのと、同様のことです。

それにしても、やはりこの「情報」なるものが気にかかる。「形をもつもの、形成されたもの」。何が形をもつのでしょう。私はやはり心だと思います。なぜなら、人間の心をまったく通過しない、あるいはそれに関係しない情報など、あり得ないはずだからです。

すべてが書き手、話し手の心情の直接の発露だというのではありません。むしろそんなはずはないと思います。けれども人間は何かに触れたり、何かを見たりすると、心が動きます。私は「感情」「感動」という言葉をあまり好みませんので、これを仮に情動、emotion としましょう。ご覧の通り、この言葉には motion が含まれていますね。つまり、人の心の動き、運動のことを emotion というのです。

それで、この心の運動の形を言葉は捉え、描きます。「モヤモヤする」なんて表現がありますが、これはつまり、心の運動を感じてはいるものの、その形がまだはっきりとは摑めない、ということでしょう。こうしたことはよくあります。じつのところ私たち人間は、自分の心の形すら、よくわかっていないということです。自分が何を思い、何を感じているのか、わかっていない。それは、他人が何をどう考え、感じているのかがわからないのとおなじ程度に、ときにはそれ以上に、まったく未知なのです。

この人それぞれ、時と場合によりまったく異なる心の形、情動は、直接的に表現するなら、つまり純粋な自己表現とするなら、叫びや呻きにしかならない。これを自分も含めた他者と共有する、つまりcommunicateするためには、ある共通commonの形formが必要です。これが、言葉というものでないでしょうか。詩人のポール・ヴァレリーは、すこしこんがらがった文章ですが、このようなことを言っています。

人間が自分自身と意思疎通ができるのは、自身の同類との意思疎通を心得ており、かつそれとおなじ手段を用いるかぎりにおいてである。
彼は自身と話し合うことを習得したのだ——私が他者と呼ぶであろうものの回り道を介して。
彼と彼とのあいだにあって、仲介者となるのは他者である。

『カイエ』

言葉とは、空に浮かぶ雲のように移ろいやすい心の形を捉えて共有するための、ある共通の形、いわば自分を理解するためにも不可欠な他者である。こんなふうに言うことができるのでないでしょうか。

しかしここでまた厄介な問題に出会します。言葉が心に与えられる形に過ぎないなら、言葉は心の形式に過ぎず、結局は心が内容なのではないか、と。

けれども、仮に心をそれ自体形であり、意味でもあるものと仮定したとして、果たして私たちは、心そのものを物のように、つまり現実《リアリティ》として感じることができるでしょうか。そもそも、私たちは物そのものを感じることなどできるのでしょうか。たとえば一枚の紙をまえにして、紙そのものを感じるとは、どういうことでしょう。私たちは、その見た目や手触りといった形を通じてしか、物を認識できません。

私たちはついつい、物事を形式と内容、つまり外の形と中身に分けがちです。こうした傾向に対して、美術史家のアンリ・フォションは傾聴に値する警告を発しています。

> われわれはいつでも、かたちにそれ自身とは別の意味を探し求め、かたちの概念をなんらかの対象の表象、すなわち像《イマージュ》の概念と混同しがちである。そしてかたちの概念は、とりわけ記号の概念と混同されやすい。だが記号は〔何かを〕意味するが、他方、かたちは自らを意味する。

かたちは、個性的で他にない価値を持っており、その価値を、かたちに外から与えられる属性と混同してはならない。かたちは意味する働きを備えており、そしてまた外から意味を受け入れる。〔…〕かたちと記号を同一視すること、それは暗にかたちとその中身との旧来の区別を受け入れることであり、もしわれわれが、かたちの根本的な内容が〈形象的〉な内容であることを忘れるならば、われわれを欺くことになる。

阿部成樹訳『かたちの生命』

もちろん、言葉やイメージ以前の心は存在すると思います。しかしそれは、形をもたなければ存在しないも同然なのです。形をもたぬ物が存在しないようにです。たとえば「モヤモヤ」と言うとき、「自分の感じているものが何なのかわからない」という心の形が「モヤモヤ」という言葉として、すでに形をもっている。「ズキズキ」でも「ぐにゃぐにゃ」でもよいはずなのです。こうしたいわば仮の形をもつことではじめて、私たちは自分の心の形を気にかけるようになり、それを自分に共有するための言葉の形を探しはじめるのでないでしょうか。あるいはこの形と共に、私たちの心というものが生まれてくるのでないでしょうか。「モヤモヤ」という言葉がすでに、現実の手がかりとなるひとつの形であり、情報なのです。

2　発生、出生、未生

話をわかりやすくするために、しばし文学に話を限りましょう。本の情報の最たるもののひとつとして、文学作品があると思います。しかし、作品はいつ生まれるのでしょう。もうすこし細かく言うなら、それはいつ「発生」し、いつ「出生」するのでしょうか。書き手の心が何らかの情動《エモーション》を感じたときでしょうか。ある言葉を思い浮かべたときでしょうか。構想をメモしたとき、原稿用紙やWordファイルに書いたとき、雑誌に掲載されたとき、本になって出版されたとき——はて、さて。

私は大学でずっと、正岡子規の『墨汁一滴』というエッセイを学生たちと読んできました。「柿くへば鐘が鳴るなり法隆寺」のひとですね。これは脊椎カリエスという難病で寝たきりの、いつ死んでもおかしくないひとりの文学者が、一九〇一年という二〇世紀の最初の年に、新聞でほぼ毎日連載したものです。子規は、毎朝届く新聞に掲載されている自身の文章を読むことで、自分がかつて生きていたこと、いまも生きていることを確認していたのでした。

それで、ちょっと見ていただきたいものがあります。子規はこの連載を切り抜いて、自分で切抜帖を作っていたのです。これは国立国会図書館のデジタルコレクションで誰でも見られますし、ダウンロードもできます。そのなかに、なかなか興味深いものがある。五月一三日掲載の「今日は闕。但草稿卅二字余が手もとにあり」という記事です。「闕」というのは「欠けている／なし」ということで、「今日はお休みです」の意ですが、「草稿卅二字余」の存在が仄めかされている。

現在本で読める『墨汁一滴』には、この草稿も収録されています。子規がこれを書いた原稿用紙を切り抜いて、切抜帖に貼っていたからです。そこに何が書かれているかというと、「試に我枕もとに若干の毒薬を置け。而して余が之を飲むか飲まぬかを見よ」とあります。病による激痛に常時襲われていた子規は、しばしば死を願うことがあったのです。

けれども、これは「作品」にならなかった。子規は自身の苦しみという心の形を捉え、それは言葉という形をもつところまでは行きました。つまり、これはもう情報になっているのですが、自身との共有に留まり、他者とのそれに対しては開かれなかったのです。あまりに赤裸な告白がメディアに載り、他者の関心に巻き込まれるのが嫌だったのかもしれません。

　そうすると「作品」とは、選別され、他者とのコミュニケーション、他者の関心へ委ねられた情報の一種、と言えるように思います。連載当時は、この草稿は「作品」でない。より細かく、さきほどの「発生」「出生」になぞらえていうなら、作品として「発生」しながら「出生」はしなかった。私たちの心のなかの言葉になりきらなかった数々の思いも、おなじような道を辿ったのでないでしょうか。

　これは世にいう「五百グラムの壁」、生命倫理のようなものに近い問いでもあるように思います。そして文学というものが、言葉というものがなぜあるのかというと、この「出生」しなかったものをなかったことにさせない、できない、という衝迫にその根源があるのでないでしょうか。だからそれは実際にあった物事、すなわち事実《ファクト》ばかりでなく、私たちの心に去来する、あったかもしれない、あるかもしれない虚構《フィクション》をも、現実《リアリティ》として扱うのでないでしょうか。

　さてしかし子規の死後、『墨汁一滴』はこの草稿も含めた「作品」となった。なぜだろうか。

ひとつには、狭義の「本」となるに際して、この草稿が示す子規の心の形が大切にされたからでしょう。これは本を作る他者の視点からの理由ですね。もうひとつ、子規の視点から推測できる理由は、彼が活字の記事を切り抜いて作っていた切抜帖という「本」に、手書きのこの草稿がそのまま含まれていたからでないか、というものです。

つまり子規は、本を作っていた。そう考えたい。実際にそうであったのかはわからない。けれども、この切抜帖という本の形に込められた子規の心の形を、弟子たちや編集者が尊んだのでないでしょうか。

「本＝物質メディア」となること、それは心の形が「言葉という形」をもち、「個別の形＝形ある言葉＝筆跡」となり、さらにその言葉を発した本人の手を離れて、ある「共通の形」へ委ねられるということです。

本来なら原稿用紙という「共通の形」についても触れねばなりませんが、泣くなく省きます。作品として発生しながら出生しなかったこの草稿、いわば死産児である未生のこの作品は、しかし無残に処分されてしまったのでなく、切抜帖という本のなかで、活字の記事のあいだに埋葬されていた。それは「共通の形」である本のなかで、他の記事と対等のものとなって生まれ直すことを欲しているようにも見えます。

ただ、余談ながら付け加えておきますと、子規の死後に「本」となった『墨汁一滴』からこぼれ落ちた形があるように思います。この草稿をよく見てください。「若干」のところに、修正が入っているでしょう。私には、元は「一包」と書かれていたように見えます。それで、これを声に出して読んでみますと、「ココロミニ・ワガマクラモトニ・イクバクノ・ドクヤクヲオケ・シコウシテ・ヨガコレヲノムカ・ノマヌカヲミヨ」。「ヒトツツミノ」では成り立つか危うい、五・八・五・七・五・八・七――なんだか短歌、正確には長歌になりかけたような、歌えどもやぶれかぶれなリズムです。そして「イクバク・ドクヤク」の韻。これは言葉を内容と形式に分けていては見えてこない「形」でないでしょうか。

さらりと言うに留めますが、詩をひとつの究極として、言葉というのは単に絶対的な内容、すなわち意味へ連れていってくれる中継地点としての形式や記号でなく、現実を見出し、意味を生み出す「形」なのです。もう一度、アンリ・フォションの言葉を引いておきましょう。

記号は意味するが、かたちになるや、それは自らを意味することを欲し、新たな意味を創造し、ある内実を探し求め、各種の言葉の定型を結合したり解体したりすることをとおして、その内容に新たな生をもたらすのである。

『かたちの生命』

3　形態、形式

雲を摑むような話を経て、やっと本題の「本」に戻ってきました。話を整理しますと、人間個別の、さらには時と場所により変転し続ける心の形を情報として共有するために、言葉という共通の形があるのでしょう。しかしその言葉がまた形を持つのです。大いに単純化しますが、ひとつは筆跡や声色などの個別の形、もうひとつは活字という共通の形です。主にこの共通の形に、デザインが関わってくる。

百二十年まえの正岡子規から離れ、今日の私たちにとっての形の問題を追求していきましょう。私は form という言葉を、ここまで主に「形」と呼んできました。しかしこの form なる言葉には、大きく分けてふたつの意味がある。ひとつは「形態」、もうひとつは「形式」です。前者は「形そのもの」とでも理解しておけばよいでしょう。最初にルリエの《空中形式》に触れましたが、あれは《空中諸形態》とも訳すことができると思います。後者は、たとえば融通のきかない頑固な人を「形式主義」なんて言ったりします。要するに「型」ですね。「型にはまった人間」だとか、あまりよくない意味で使われることが多い。

いまにはじまったことでないのですが、人間はどうも、独自の個性をもっていなくてはならないと思い込まされているようです。しかしすでに確認したように、心の形を捉えて伝えるには、言葉という共通の形が必要だということを考えてみてください。私たちには、絶対に独自のものなんて、何ひとつないのです。自分ひとりの思いをそっと胸中で呟いた時点で、それは言葉という共通の形をもち、自分だけのものでなくなる。大体において私たちは、既存の言葉を用いるわけです。

そして言葉もまた、共通の形をもちます。私たちが用いている「活字」は、英語でtypeと呼ばれます。まさしく「型」です。今日の私たちの「書く」という行為を見つめ直してみてはどうでしょう。作品を、レポートを手書きする方はいらっしゃいますか。お、ひとりいらっしゃる。とても貴重な経験をされていますね。私は原稿の種類によって使い分けますが、ほとんどがタイピングです。編集者の郡淳一郎が、この状況を見事に言い表している。

「タイポグラフィの領域」は、活版時代には印刷場の文選工、植字工の領分でした。ところが今やパソコンであれ携帯であれ、キーボードに文字を入力している時点で、誰もが活字を文選・植字している訳ですよね。逆に言えば、ワープロ・ソフトから文字情報を拾ってきて配置しているだけで、書くこと、エクリチュール、ライティングという行為は誰もしていない。石川九楊先生が言う意味のはるか手前で、端的に「誰も文字など書いてはいない」。誰もが、否応なしに粗悪な「タイポグラフィの領域」のなかにいる。一億二千万総タイポグラファ化と言っていいのか悪いのか。

郡淳一郎、白井敬尚、室賀清徳「座談会　タイポグラフィの七燈」

じつのところ今日の私たちは、ほとんど常に「タイポグラフィの領域」のなかにいるわけです。スマートフォンを与えられた時点で、私たちはある特定のデザインを、形を使わされている。そこに裸の言葉なんてものはありません。文字は必ず、特定の書体の形で現れます。そして一行あたりの文字詰め、行頭行末の処理など、設定で多少融通が利いたとしても、私たちの言葉はあるフォーマットのなかに導き入れられ、デザインされている。

では、Wordなんてどうでしょうか。ここにも裸の言葉は存在しない。たとえば私の使っているヴァージョンは、上：三五ミリ／下左右：三〇ミリの余白、游明朝体Regular 一〇・五ポイントで横書き、一頁あたり四二字詰三六行というデフォルト設定がされています。私たちは、このデザインを使わされている。無難ではあるけれども、決して優れたフォーマットとは言えません。いまの本は文字サイズがどんどん大きくなってきているとはいえ、一般的な書籍に比べると、文字が大き過ぎる。一〇・五ポイントなんて、たっぷり余白のある詩集などで使うサイズだと思います。

それで、これに何か違和感を感じて自身の気に入るようにいじりはじめた瞬間、人間はデザインをさせられていることになる。このとき人間はもう単に書く者writerでなく、いわば文字技術者、すなわちtypographerにされている。そうなると、タイポグラフィの一般的なルールを知っていないと、本当はまずい。

ところが学生のレポートなんて見ると、なかなか凄まじい。スマートフォンのメモ帳からそのままコピー&ペーストしたのか、文字のフォントやサイズがちがっていたり、行間が無闇に狭かったり広かったり、行頭揃えで書いているから行末がギザギザになっていたり、個性を追求したのか無闇に装飾的なフォントを使ったりと、完全な無秩序です。しかしみなさんに罪はありません。私もそうでした。なぜなら、誰もルールを教えてくれないのですから。

いわゆるプロの書き手も例外でない。ハイフンとダッシュのちがいがわかっていなかったり、丸括弧がいわゆる半角、正確に言えば欧文になっていて全部直さなくてはならなかったり、目も当てられないものに出会すこともしばしばあります。こうしたことがなぜ起こるかというと、言葉が、文字が特定の形をもってしか現れないことを意識していないからでないでしょうか。形成することの大切さが見えていない。

もちろん、過渡期とも言えるかもしれません。かつては、書きさえすればプロの文字技術者たちが万事整えてくれたのですから。ただそこには明確に、自分が何かを書き、形にして公表するに際して、物質ないし技術、広く言えば他者に遭遇するという機会がありました。ところが、説明書なしに技術だけを渡された結果、人びとは言葉や文字を、内容の表現、あるいは自己表現のための透明な形式としかみなさなくなったのでないでしょうか。私たちの現実を支える形というものをないがしろにする傾向が、どんどん強まってきているように思います。これまた郡淳一郎が、大変含蓄のある発言をしています。

言葉が本来持っている、現実を人間の意志のままに抽象化しようとする機能を最大限押し進めて行き着いたところがデジタル・テキストな訳ですが、物質の歯止めがからないと、人間はろくなことをしないと思います。出版する、パブリッシュするというのは単なる情報発信や自己表現じゃない。それは自己否定の契機でもあって、物質によってエゴイズムを断念させられて、しかしその物質によって他者と繋がることで、本質的に孤独から癒されるという、逆説的なメディアです。

同前

これはあらゆる場面で起こることです。心を言葉にするに際して、「ヤバい」だとか「モヤモヤする」だとか「エモい」だとか、紋切型が氾濫し続けています。いわゆる「喜怒哀楽」も然り。私たちの心の形はもっと具体的で複雑なはずなのに、こうした紋切型に嵌められて、デザインされてしまう。形が形骸化し、単なる形式、型になってしまう瞬間です。それぞれが独自の思いを述べているようでいて、大体おなじことしか言っていない。それは、言葉の形を軽視しているからでないか。

美醜の問題を言っているのではありません。最初に申し上げたように、私は美学でなく、論理と倫理の話をしたいのです。私たちのかけがえのない心を共有するcommunicationが、必ず共通の形、型、つまり言葉を通じてしか実現され得ないことへの無自覚が、こうした単純で、いかにもそれらしいイメージに人を閉じ込めてしまい、実体を、物と形を見失わせているのでないでしょうか。そう問うてみたいのです。

4　イメージの氾濫

最近の本のデザインを見ると、しばしばこうしたイメージが臆面もなく総動員されていて、どうも息苦しく感じてしまいます。そのすべてを否定するわけではありませんが、ジャケットのカラフルなイラストレーションや装飾的なタイトル、帯の惹句や推薦コメントなどなど、全方位から本が広義のイメージに包囲されている。イメージのすべてがいけないというのでもありません。しかし今日の世界に氾濫しているイメージは往々にして、意味にしか人を誘導しない、大変威圧的で暴力的なものになっています。

読み手の自由なんて言いながら、私たちが手にする本には、無理くり「情報」と差異化するならば、あまりに多くの「データ」が貼りついている。Dataという言葉は、「与える」という意味の動詞dareを語源とします。あなたが欲しいのはこれでしょう、という態度が透けて見える。必要なデータ量が、テロップだらけのテレビやYouTube動画のように最適化されている。だがそれは、誰にとっての「最適」なのか。誰がそんなものを頼んだのか。あるいは、ひたすらデータ量を肥大させたり、衝迫を高めたりして、受容者の感覚と思考を圧倒し、麻痺させてしまう。頼り放題で申し訳ないけれども、やはり戸田ツトムの言葉を思い起こさずにはおれません。

ディスプレイで展開されようとしているシナリオに集中させること……今からそのシナリオをあなたたちの脳に書き込むから、集中せよ、集中してこの強風と豪雨をよく見よ、そうま近かにみよ、と続く。そして多くの場合、漠然と……ではなく、強く誘導された視覚はやがて情報の広がりを失う。言うまでもなく、ひとつの光景を凝視する視覚の集中は、その周辺に生起する様々な風景を排除しながら、つまり想像のほとんどを抹殺し、テレビに指示されたひとつの光景を捉えようとさせる、すなわちま近かにものを見るということは、我々の眼の自由を捨てよ、という指示でもある。より鮮明に……ま近かに、すべてをま近かに……と。

『陰影論』

こうしたデザインは、それを所有する消費者の形を勝手に決めているともいえます。消費者に対するサーヴィスでありつつ、彼らをデザインするマーケティングです。私たち自身もまた形をもつ情報、すなわち information なのです。

あるいは、装幀が著者に対する一種のサーヴィスにもなっている。こうしたイメージを「表象 representation」と言い換えてもよろしいように思います。そこにあるのはコミュニケーションでなく、提示《プレゼンテーション》・説明です。そしてそれが権威《オーソリティ》をもつ著者《オーサー》を中心に組織されていることを、自由や平等を謳う文学者や思想家たちは、果たして真剣に考えているのでしょうか。

　出版が商売である以上、こうした事態は避けられないものでもあります。けれども、本当にこれでよいのか。これだけでよいのだろうか。フォントは選ばれます。紙も見本帳から選ばれます。所詮ほぼ選択と組み合わせでしかないなけなしの個性が、あたかも自由な表現とみなされているままでよいのでしょうか。

　物というのは、絶対的な他者です。しばしばどうにもならない、言ってしまえば不都合なものでないでしょうか。物というのは大抵不透明で、私たちと何かのあいだに障害となって立ちはだかります。この二階の教室から、直線距離で家に帰ることはできないでしょう。それでも直線距離で帰りたくば、暴力によって床か壁を破壊しなくてはならない。

　世界に生じる暴力の多くは、途方もない悪意などによってでなく、人間が自分の、他者の形を相手にしていない、という至極残念な事実に起因するのでないでしょうか。自分の、他者の心や身体の形を知らぬまま、私たちは情報である自分の形を振り回している。形あるものは必ず何かに触れます。触れるからには、その触れ方次第で、何者かを傷つけずにはいない。私はそれを、神のごとき視点から批判することはできません。これが世界というものなのだと思います。

この世界に実在している以上、そこには自分の、そして他者の interest が発生します。あらゆる物事は形をもつのですから、その形を知っていないと、適切な接触ができません。何かを大切にするというのは、他者の具体的な形を知り、それを慈しむことでないでしょうか。慈しむとは、かわいがることなどでなく、まずなによりも看護《みまも》ることであると、解剖学者の三木成夫は説いています。

われわれがなに心なく自然に向かった時、そこでまず眼に映るものはそれぞれの〝すがた・かたち〟でしょう。〔…〕これに対し、もしわれわれの眼がそれらの〝しかけ・しくみ〟にしか届かないような時、それらのすべてはただ思惑の対象としての無生の物体となるだけではないでしょうか。生きているのは、したがって、〝すがた・かたち〟であって、しかけ・しくみではない。われわれはまさに、この〝すがた・かたち〟の中にのみ「いのち」というものを見出すのであります。

病人を前にしたわれわれもまた〝病めるすがた〟をただ痛ましく「看（み）護（まも）る」だけではない。次の瞬間にはその〝病めるしくみ〟を少しでも早く「なお（治）す」方へめいめいの考えを向け直す。

「生について　看護本来のすがた」

もちろん、本は人工物であり「しかけ」です。しかし、形のプロフェッショナルであるはずの書き手やデザイナーが、意図的にであれ無自覚にであれ、ただただその「しかけ」によって他者をデザインし、コントロールしているばかりで、果たしてよいのでしょうか。

理念的な話が続きましたが、すこし具体的な事柄に触れましょう。私たちが今日手にしている本は、細かい技術的な話は省きますが、主にPCで作成・入稿された電子ファイルを製版して、オフセット印刷で刷られています。DTPという言葉を聞いたことがあるでしょう。デスクトップ・パブリッシングですね。個々のデスクトップで作成されたものが、そのまま本になる、と。

作ろうとした物が、作ろうとしたままに作られる。PCのディスプレイに浮かんでいるものが、そのまま出力されて物になる――人間のテクノロジーは、この究極的な一点の虚構を目指す、見果てぬ夢です。

しかし、そんなことがあり得るのだろうか。ブックメイカーを名乗る秋山伸は、このDTPという言葉について、大変啓発的な一文を書いています。

DTP＝デスクトップ・パブリッシングという概念には致命的な欠陥があるのではないだろうか。この言葉を使う誰もが催眠術にかかったように盲目となる明白な事実がある。それは、デスクトップが出版に直結しない、ということだ。直結しないどころか、量産されて読者に届くまでには、製紙・印刷・製本・流通・販売といった、物性の支配する過程が待っている。膨大なエネルギーが注ぎ込まれる、重く長い過程。その事実に向かって「デスクトップ・パブリッシング」とはなんとお気楽なことか。

「透明な紙、白い紙、それらの影」

さきほど「物とは他者であり不都合である」と申し上げました。みなさんにはぜひ、古い本を手にとってみてほしいのです。特に活版時代、表裏の印刷にズレがまったくない本は、ほぼないと思います。究極の精度を目指しつつ、そこにはズレが、エラーがありました。本はもっとノイズで溢れていたのです。

いまの印刷の精度は凄まじいものだと言わねばなりません。また今日の本は、本文用紙の分厚いものがずいぶん多い。結果、紙背の文字列はほとんど透けて見えない。恐ろしいほどズレがない。ノイズが一切許されないのです。かつての本の紙はたいてい薄く、裏面の文字列が透けていて、印刷のわずかなズレが見て取れた。行にがたつきがあったりもする。文字が潰れていたり、滲んでいたり、かすかにかすれていたりもする。そこには物が、現実が本来的にもつ不都合さが、不安がありありと見えていたわけです。
このズレやノイズというものが、私は大変重要だと考えます。手触りのよいすてきな紙や手工芸的な本を讃えるのではありません。ただ、本を読み進めるとき、じつのところ私たちは、常にかすかな不安と共にいるのでないでしょうか。きちんと理解できているだろうか、この先この物語は、主人公はどうなるのだろうか――読む者のこうした不安に、紙自体が放つノイズ、すなわち不安が共にいてくれたのでないか、と思うのです。戸田ツトムはやはり、こうしたものに対する鋭い感性をもっていた稀有な人だと思います。

紙が生きるすがたとして、工芸的という選択は、賛成できないな。紙によりどころを求めて安心しようとする風潮に対して、不安を紙に委ねるのではなく、紙とひとの隙間にある不安を言葉にしなければならない。

『デザインの種』

本文の文字が無闇に大きくなっているのも、この不安と関係があるのでないか。タイポグラフィの領域においては、判別性《レジビリティ》と可読性《リーダビリティ》のバランスが問われます。前者は「文字を視認できるか」に、後者はいわゆる「読みやすさ」に関わるものです。文字が見えないと、つまり判別性がすこしでも低いと、人間は不安になるのでしょう。昨今は本文用紙の白色度も高いものが多い。判別性が上がるからかもしれません。

もちろん、判別性がゼロであれば、そもそも可読性は発生しないのですが、しかし本を読むとき、みなさんはひとつひとつの文字を「見ている」のでしょうか。文を、ひとつながりの言葉を「読んでいる」のでないでしょうか。

現在のスッキリ、ハッキリとした安全・安心な版面に比べれば、いびつで不安定な文字の滲みが、極小のズレや揺らぎ、慄えが、かつては私たちの不安と共にいてくれたように思うのです。それは、ジャケットのタイトルを傾けたり歪ませたりといった文字の図像化、グラフィカルな表現とはまったく異なります。紙と本文がまとうノイズ、そこには何の効果も目的も設定されていません。ただ「環境」がそのようにしてあるだけ——それ以上のものは何もないのです。

今日、円滑な情報伝達を妨げるノイズは、不都合なもの、不快なものとしてキャンセルされます。絶対的な他者たる物が消失し、永遠不変の内容へ、私たちはデザインによって誘導される。紙は究極の中立性を、白を目指す。この世に何の夾雑物もない、完全な白紙があるかのように錯覚させる。ディスプレイという物理的支持体すらも透明化する。

デザインの、技術のこうした余白のなさと、今日の人間社会の窮屈なありようとが、無関係だとは思えません。いま目のまえに広がっているのは、消費者向けにデータを盛られ、演出されたデザインが所狭しと並び、すべてが損得、好き嫌い、快不快でしかない世界でないでしょうか。戸田ツトムの盟友・鈴木一誌の次のような言葉を読むと、深くため息を吐かずにはおれません。

エラーから物質性、他者性が失われてきて、スリップしない。スリップは、スリップしながら、視点を変えさせた。当初の意図からすると失敗なんだけど、見方を変えると「これはこれでおもしろい」と自分を横滑りさせる。装幀のヒラが風景化し、どこかに消失点が想定される。その事情と、読者の、自分という一点透視から好きか嫌いかという座標軸で、平台を見る事態とが対応している。ただ、好きなモノ、嫌いなモノがあるだけという風景。

この選び放題であるようでいて誘導され、強いられた選択により、私たちの心と言葉もまたデザインされる。

私はしかし、アナログな技術への回帰を訴えることだけはしたくありません。技術の発展に伴い、私たちはただより一層の精度を求めねばならないとすら思います。印刷は綺麗でも、組版、つまり文字の組み方は目も当てられないものがすくなくありません。組版は、人間の言葉が生きる環境であり、表現でない。それは唯一独自の形でなく、むしろ堅固かつ精密な形式でなくてはなりません。この点においても、戸田ツトムの発言に耳を傾けたく思います。

同前

技術は自然からの引用である。その副産物として意味やら概念やらがある。そして、技術とはそれが適用される環境との関連において、ほぼ完全な精度を予定しなければならない。

6　生のためのデザイン

言葉が生きる環境――昨年惜しくも亡くなられた栃折久美子もまた、こうしたことを大変真摯に考えていたブックデザイナーでないかと思います。彼女の恐ろしいところは、本の装幀を「服」でなく「皮膚」に喩えてしまったことです。

〈服を着せる〉という比喩は、装幀という仕事を表面処理技術の面から考える場合にはかなり適確にあてはまる、と限定つきで使うようになった。

かわりに最近は〈皮膚〉というのを時々使っている。本の皮膚と言う。

〈本〉は装幀という膜つまり皮膚で包まなければ、机の上に置くことのできる物体にならないと考える。

装幀は単なる〈包装〉ではなく、本の〈皮膚〉のようなものだと言ってはおかしいだろうか。

『製本工房から』

服とちがって皮膚は、「このように生まれてくることしかできなかった」という厳しさ、苛酷さをもちます。たとえば皮膚の色、これが人間にとってどれほど不都合なものであるか、みなさんは当然ご存知でしょう。最も身近な物であるみずからの身体――私たちの誰が一体、これに納得しているでしょうか。

皮膚としての本を作ること、これは読者を魅了するイメージを拵えるのとはまったく異なる行為であり、まさに作品の「出生」に関わろうとすることでしょう。このように本を作ることを考えられたらどれほどよいか、と思います。しかしこれは大変険しく、厳しい道です。

どの一冊を取り上げてみてもそれが目に見えないものから、目に見えるものに形を変えるときに、私の中を通過して行った。それが体内に止っている間、私は病気にかかったようになり、その苦しみから回復するために自分の体力、経験、知識などをありったけかき集めて役立たせた。それが通過して行くときの痛みに似た感覚を、私は忘れることができない。このとき私はこのようにしかこの本を造ることができなかったのだと思う。

同前

ましてや今日の出版産業機構のなかで、こんな本の作り方をしていたら、気が狂ってしまうでしょう。栃折もまた、活版印刷が消え、糸を使わず糊で綴じるだけの無線綴じが主流になり、さらなる大量出版・大量消費に向かってゆく出版界から遠ざかっていきました。

とはいえこうした思想を、思いを知っておくことは、どうやったらうまいデザインができるかどうかより、よほど大切なことだと思います。私たちの心が手と協働して物を作るのですから、性根が腐っている者に、まともなものを作れるわけがない。文学だっておなじです。精神論でしょうか。だが、精神のない人間の行為なんてものがあり得るのか。

栃折久美子の考え方は、どこまでも個別の生に寄り添うものであったように思います。美醜の別を超え、あらゆる不都合を受け止めて、何者かの実在に手を貸し、それを抱擁する思想です。これは、他者でないとできない。人間は、自分で自分を抱きしめることはできません。極めて素朴ながら、とても大事な問題です。二〇世紀ロシアの思想家ミハイル・バフチンは、次のように述べています。

> 他者の脆い有限性、完結性、彼のここ・今・存在は、わたしによって内的に把握され、抱擁によって、いわば形を与えられる。この行為によって、他者の外的存在は新たに生き始め、何かしら新たな意味を獲得し、存在の新たな平面に生まれるのである。他者の唇にのみ、唇で触れることができる。他者の肩にのみ、手を置くことができる。〔…〕こうしたことすべてを、わたしは自分自身については体験できない。
>
> 佐々木寛訳「美的活動における作者と主人公」

しばしば、著者に装幀はできないだろう、という言葉を目にします。究極的にはそうなのでしょう。しかし、ここにいらっしゃるのは実作をされる方ばかりです。私もまた広義の実作者、著者のひとりです。だからというわけではありませんが、著者自装は可能である、と私は考えます。

他者のすがた・かたちを確定すること、それは実在に、出生に手を貸すことであると同時に、取り返しのつかなさ、すなわち死を与えることでもあるのでないでしょうか。なぜなら人間の生とは、変化の連続だからです。私たちはじつのところ、日々過去の自分を否定し、葬って、より善きものか悪しきものかはわからないが、変化し続けてゆく。生きることとは、際限のない自己否定の連続なのです。ふたたび、バフチンの言葉に耳を澄ましてみたく思います。

最も本質的な点でわたしは未だ存在していないという意識だけが、わたしの生を自分の内側から（自分自身への関係として）組織する原理になる。所与の自分自身とは原理的に一致しないというこの正当な狂気が、内側からのわたしの生の形式を条件づけている。わたしは現にあるものとしての自分を受け入れない。わたしは自分が、この内的に現に与えられている自分とは一致しないことを、烈しく、言うに言われぬかたちで信じている。わたしは自分を、次のように言ってすべてと見做すことはできない——「これがわたしのすべてだ。これ以外のわたしはどこにも、何もののうちにも存在しない。わたしはすでにすっかり在るのだ」と。

同前

「自己肯定感」という言葉をしばしば目にするので断っておきますが、この「自己肯定」の対義語となるのは、自己否定でなく自己嫌悪でしょう。ここで私の言う自己否定というのは、好悪の価値評価と関わらぬものです。

　自身ないし他者に象られた「わたし」のすがた・かたち、それは生きて変化し続ける「わたし」の視点からすれば、絶対にどこかしっくりとこないままにとどまります。生きているかぎり、私たちは自分のすがた・かたちを常に拒否し、脱ぎ捨てながら、未来へ向かうからです。この否定の身振りが、詩人ルネ・シャールの次の一文が示すように、人間の精神を高潔なものとするのでないでしょうか。

同意は顔を輝かせる。拒否は顔に美を与える。

吉本素子訳「イプノスの綴り」

ですからほんとうは、著者自装も可能なのだと考えます。私たちが装幀を、ブックデザインを、いわゆる自己表現だと勘違いしないならば、です。それはデザイナーであったとしても、おなじことでないでしょうか。もう一度、栃折久美子の言葉を引かせてください。

本が他の品物――机やコップとちがうのは、たいていの場合、その中身が買いたかったら、その外観で我慢しなければならないということです。〔…〕この本、どうしても読みたいのだけれど、装幀が気に入らないから買うのをやめる、ということは、おそらくほとんどないのではないでしょうか。中身といっしょに、ほしくもない絵をいっしょに買わされてしまう、といったような本は、わたしはつくりたくありません。〔…〕本は、それを読む読者の参加によって、はじめて本になります。読み手が百人いれば、読まれ方も百あります。すべての読者に不快や拒否の反応を示されない装幀を考え出すことは、おそらく不可能でしょう。

しかし私は浅はかな自己主張だけはしたくないのです。裏方としての仕事に徹し、受け身に徹することを通じて、なおどうしても現れてしまうものが、とりもなおさず装幀者の個性に他ならないと思うからです。

『製本工房から』

ましてや著者というのは、共有できる形となるまえの心と、それを共有するための形である言葉の発生に関わり、さらにその言葉を共通の形にする際の抵抗、すなわち他者と最初に遭遇する当事者です。ですから、著者自装は可能である、と繰り返し申し上げておきます。絶対的な他者である物に何者かの、あるいはみずからの形を委ねて埋葬する。その形が、誰かの手と心のなかで生き続けるために——それが、本というものでないでしょうか。

　そこで私が最近考えるのは、死のためのデザイン、というものです。死ほど人間に対して平等な、即物的な不都合があるでしょうか。生命活動を停止して物になる——それが死というものです。私たちの生とは、物になってゆく過程です。私たちは死という終着点に向かって突き進むのですから、生きることとはすなわち、死んでゆくことでもある。

　死のためのデザイン、と言いました。それは、やがて死ぬという究極の現実から目を逸らすために、死をおしゃれに飾ること、すなわち死のデザインとはちがいます。そんなものは、金持ちがカタログから高価な服やアクセサリーを選ぶのと、さして変わらない。そうでなく、死という選択の余地のなさの平等を、人々がしずかに受け入れてゆくためのデザインです。

　こんなことを真剣に考えはじめたのは、新型コロナウイルスの蔓延当初に、インドや南米の貧困地域で、そのまま棺になる段ボール製のベッドが使われていると知ったときです。私の周囲の幾人かの人は、これに大変な嫌悪感を示していました。人間の尊厳を冒瀆するものだ、というのです。

「ふつう」の人たちからすると、当然の感覚なのかもしれません。個人の生はどこまでも尊重されるべきだ、ということでしょう。しかしこの段ボールの棺というのは、「ふつう」に棺を買えない貧困層の人々のためのものなのです。人間にとって最大の不都合たる死が氾濫したこの事態にあって露わになったのは、死すら平等でないという、この資本主義社会の現実でないでしょうか。

そしてこうした段ボールの棺は、じつは阪神淡路大震災においても開発されながら、全自治体に受け入れを拒否されたものでした。戸田ツトムが、まさにこの棺について、とても印象深い一文を書いています。

病、そして死……そのような「生」を受容すること……重篤にして不治の病に冒されたものが出家し巡礼の旅に出る。オテル・ディオ——宿泊所や修道院が、患者を受け入れ、肉体の痛みと死への恐怖にともなう精神的苦痛を癒し、死へ向かう生を意味のある生活、時間として生き、息を引き取るための、施設を提供しケアをする……中世も明けようとするころのヨーロッパに生まれたシステム。ホスピスの始まりでもあります。

たとえば死への過程、あるいは衰退し、微弱な存在に向かおうとする心の細部に眼を凝らし、そのプロセスに、ことばを掛け、手を添える……そういったデザインを考えられないだろうか。もうひとつの生のためのデザイン。あえて言うとすれば、三万六千円の段ボールの棺が、明るい闇の中であらたなデザインへの重大な示唆を囁いているように見えるのです。


『陰影論』


個々人のステータスにより許される範囲での選択でなく、人間の尊厳を守り、その生き死にを平等に包む最低限の文化、とでもいいましょうか。

これをどう考えたらよいでしょう。私は、零度から出発するしかないと思います。この場合の零度というのは、すでにこの世にある最低限の何かを参考にしたり、そこから減算的に色々なものを剝いでゆくのでなく、文字通りの零、無から出発するということです。

諸説ありますが、第二次大戦時のユダヤ人虐殺について書いたとされることの多い、二〇世紀を代表するドイツ語詩人パウル・ツェラーンの詩篇「死のフーガ」は、次のようにはじまります。

朝方の黒いミルク我々はそれを晩に飲む
我々はそれを昼と朝に飲む我々はそれを夜に飲む
我々は飲むそして飲む
我々は空中に墓を掘るそこは横たわるのに狭くない

虐殺され、焼却処理されて煙となり立ち昇ってゆくユダヤ人たち――これは最悪の光景にほかなりません。しかし、人間の尊厳が守られる最低限の条件を見つめる、見極めるためには、墓をもてなかったこのような者たちのことを、すなわち零度をまず考えるべきなのでないでしょうか。

ここで手がかりになるのはやはり、「空中の墓」という虚構が浮かんでいることです。具体的な形はない。けれどもそこにはすでに、虚ろな墓という構え、つまり「空中形式」が空に架けられています。

不気味だと思われるかもしれませんけれども、本というものはどうしたって、棺や墓に似ると感じるのですね。人間の心の形が埋葬される形式、と言ってよい。なぜなら死とは、第一に物、あえていまどぎつい言い方をすれば死体になることですが、その物としての形もすぐさま、物質界の掟に従い、腐敗して失われてゆくからです。物質というカテゴリを物とは別に立てておくことは、大変重要なことだと私は考えます。

この死んでゆく人びと、死んでいった人びとの形は、どうなるのか。どうしたらよいのか。この「空中形式」の架空を、どうやって着地させせようか。

墓というのは、すでにこの地上を去って空へ昇った具体的な人間と、地上に取り残された人間たちが出会うことのできる「物質メディア」でないでしょうか。それは死者に似てなどいない。けれども、生者はそこで自身にとって大切な死者と、地上にいながらにして架空のコミュニケーションをするはずです。

本というメディアもまた、すでに地上を去った見知らぬ人びととのコミュニケーションを可能にする「物質メディア」にほかなりません。私が今日みなさんにお話しするために作った資料にさまざまな本から集められた言葉は、ほとんどが死者のものです。私は、見知らぬ彼らを勝手に話し相手としながら、物事を考えている。彼らは答えない。そもそも、彼らのうちの誰に話しかけているのか、自分にもわかっていない。けれども答えがなければ、相手がはっきりと定まっていなければコミュニケーションでないなどと、果たして言えましょうか。

私が研究しているオーシプ・マンデリシタームというロシア語詩人は、ついさきほど登場したツェラーンが深く敬愛したことで有名ですが、こうした対話ならぬ対話、コミュニケーションならぬコミュニケーションについて、次のように語っています。ほんとうは自分で訳すべきなのでしょうが、翻訳がすでにあることをみなさんにぜひ知ってほしいので、私が心の底から尊敬する方の手になる訳で引用します。

そう、私が誰かと話をしているとき——私は自分が誰と話しているのか分からず、それを知ろうと願うことはないし、知ろうと願うことはできない。対話のない抒情詩はない。そして、話し相手の抱擁の中へと我々を押しやる唯一のもの——それは、自分自身の言葉に驚きたいという願い、その言葉の新しさ、思いがけなさに魅了されたいという願いなのである。論理は仮借ないものだ。もし私が、自分が誰と話しているのか知っているとしたら、私は、話し相手が私の話すことに対して——私が何を話そうとも——どのような関係をとるのか、前もって知っているということになり、したがって私は、話し相手の驚きによって驚き、彼の喜びによって喜び、彼の愛によって愛することもできないことだろう。別離による距離は愛しい人の顔だちを拭いとる。そのようなときにのみ、その人の容姿を、その現実性の最高度の現れのうちに、思うがままにみることのできたときには話せなかったような重要なことを、その人に話したいという願いが、私に生まれるのである。

斉藤毅訳「話し相手について」

自分の知らない自分に出会うためには、やはり他者が必要です。そしてその他者が、生きてこの世に在るとはかぎらない。むしろ、死者の方が多いのでないでしょうか。沈黙をめぐって最初に紹介したゲンナジイ・アイギの言葉も、どうか思い出してほしい。

本というのは、いわば死後の地上の生のための形です。ごてごて飾ったり、おしゃれにポーズを決めるばかりがすべてでないでしょう。むしろそこには、「このように生まれてくることしかできなかった」という取り返しのつかなさ、個別の形から解放された何かがあってよいのでないでしょうか。

それで、みなさんに見ていただきたいものがあります。松江泰治の『ＬＩＭ』という写真集です。世界各地の墓地ばかりを、可能なかぎりフラットに撮影しています。墓でなく、墓地、というところが肝要です。つまり、個別の記念碑でなく、環境、インフラとしての墓地が撮られている。どうでしょう、墓なんて、大体おなじなのです。サハラ砂漠のものを見てください。これなんかもう、石ころにしか見えません。けれども、これがその土地の、死者を悼む心が生み出した形なのです。私が心動かされるのは、ここまではいきませんが、チリはプエルトモントの写真の下半分です。全部ほとんどおなじだ。でもきちんと見てください、供えられているお花がちがうでしょう。

こんな墓みたいな本が作れないかということを、私はついつい考えます。ありあわせの物で作られた、大体どれもおなじで、しかしそれぞれが生者たちに慈しまれるデザイン、とでもいいましょうか。この花を見てください。墓というのは、生者たちが、すでに地上を去った死者たちと、それでもなおこの地上で共に生きるためのものであるはずです。大切なのは、個別の形を、その人の似姿《イメージ》を形にした物を愛でることよりも、その形が永遠に失われてのちもなお、生者がそれを慈しむことができるかどうかなのでないでしょうか。

こうした生き死にのための環境が、デザインされねばならない。ミハイル・バフチンと戸田ツトムの次のような言葉は私に、文学ないし芸術とデザインとが、中身と外見の対などでは決してないことを、しずかに、しかし強く確信させてくれます。

わたしの能動性は他者の死後も持続する。そしてその中の美的な諸要因が優位を占めるようになる（道徳的、実践的な諸要因にくらべて）。すなわち、時間的な未来の諸要因、諸々の目的や当為から解放された他者の生の全体が、わたしに示されるのである。埋葬と墓碑のあとに、追憶がくる。わたしは他者の生のすべてをわたしの外にもつ、そしてここにその人格の美化、すなわちそれを美的に意義のある形象として定着し完結させることが始まる。

芸術における世界は、〔前向きに〕行為する精神の視野ではなくて、退いた心、もしくは退きつつある心の環境なのである。

ミハイル・バフチン「美的活動における作者と主人公」

環境……というものは、記憶のように、場をもたない不可視の〈想い〉ではないでしょうか。

戸田ツトム『陰影論』

そうして慈しまれることを予感しながら、人間が自分を埋葬することのできる最低限の形、環境——そんなものを作れないだろうか。私は主として、自分が何かを書くためのものをデザインすることが多いのですが、あらかじめ棺を作ってしまおうと、Ａ４のコピー用紙一枚を三つ折りにしたものを昨年設計し、そこにその都度の自分を埋葬しながら書いています。書くことは私にとって、死ぬことの練習にほかなりません。生前の遺稿、毎月の訃報——これが私の書き方であり、生き方であり、死に方でもある、ということになりましょうか。

できるだけ何もしたくない。ありあわせの物だけで、最低限の、しかし精密かつ静謐な環境を設計できないか。そのような試みです。これを束ねるか、適当な函にでも入れれば、そのまま墓になる。コピー用紙ですから、ためらいなく、それぞれの方が花の絵でも描いてくだされぱよい。

□

ぐるぐると取り留めのないお話をしてしまいましたが、結局何が言いたいのかといえば、本というのは凄いもの、凄まじいものなのだ、というあたりまえのことに尽きるのかもしれません。けれども、今日の書き手やブックデザイナーたちが果たして、このあたりまえのことを理解しているのだろうか、考えているのだろうか、と首を傾げてしまうのです。

もちろん、出版がビジネスであり、ブックデザインがクライアントワークであるという限界はありましょう。けれども、すぐに褪色してしまう絵や色でなく、物である以上有限とはいえ、丈夫で、長きにわたって慈しまれ、そして誰にでも手が届く平等な形としての「ただの本」を作ることも、もうすこし考えてほしいと願ってやみません。

そのためには、ただサーヴィスとしてのデザインを受け取るのでなく、みなさんのような実作者、すなわちイメージでなく言葉を信じて書くみなさんの側が、ほんとうにそんな特別な形が必要なのだろうか、というためらいと対話の姿勢をもってくださったら、と強く思います。編集者もまた然りです。

芸術もデザインも、流通する作品がすべてではありません。批評は大切です。けれどもその出来不出来を論評したところで、大抵は個々人の趣味による判断、商品の品評の範疇に過ぎないでしょう。

そのすべてがいけないとは言いません。実作、すなわち作品の実現にはもちろん、現実的な技術や知識が多く必要とされます。ただ、作品以前の「態度」や「姿勢」、作品以後の「在り方」のようなもの、いわば前提を、私たちは何度でも考え、話し合ってよいのでないでしょうか。なんだかわかったつもりになっているあたりまえのものについて、繰り返し素朴に、次のように問うてもよいのではないでしょうか。

情報とは何か、コミュニケーションとは何だったのか、そして デザインとは何か。

戸田ツトム『陰影論』

そこからしか、どこまでもひとりきりの個人に根ざしながら、しかし個別の好悪を超えてある共通のものを目指すコミュニケーションは、ほんとうの対話は、はじまらないように思うのです。そしてその一点においてなら、理想の美学でなく現実の論理と倫理をめぐって、文学とデザインは対等に語り合うことができると信じます。

自分の外部を測る物差しとして言語というものがあり、その物差しは自分の手が握っているのでなく、どこか遠いところから伸びてきて、自分の内部にも挿し込まれているようであった。はじめのうち、それは両目のふたつの球体が接するとできるであろう記号の、無限に遠い結び目のあたりから伸びてきているように思われた。だがその後、頭上遥かに架空の線が一本水平に張られてあり、それが一点で爪弾かれるのを両耳が聴き取ると、ちぎれて二本になった線が胸へ斜めに挿し入ってくるのだと感ぜられるようになった。こうしたことを幾度か経験してのちは、目とほぼおなじ高さに耳があることを気にかけるようになると共に、物差しの深く挿さった胸にある肺の存在が気遣われはじめ、これらふた組みの左右一対の器官から等距離に自分の喉があると想定しはじめた。向かい合うふたつの二等辺三角形の各頂点と接点、および上空の大気とがかたちづくる関係へ、関心が拡大してゆく。

発生へ

降るものと、生るもの。それがぼくの関心のすべて。

平出隆『胡桃の戦意のために』

――マンデリシュタームってなに。

荷物をまとめ終え、さて出るかという段になって、幼い客人に尋ねられた。

――急にどうしたの。

――だって本棚のここ、マンデリシュターム、マンデリシュタームって、マンデリシュタームばっかり。ん、マンデリシターム、もある。

言われてみると、無秩序な地層となり果てている書架のそこだけは気を遣っていて、取り出しやすい位置にその名ばかりが並んでいる。それを指さしながら、少年は尋ねるのだった。

――ああ、なるほど。そのしたも、そのまたしたも、マンデリシタームだね。

――この日本語じゃないやつもかな。

――そう。英語とか、ドイツ語とか、ロシア語とか。

――マンデリシュタームだらけ！

――はい、マンデリシタームだらけです。

――うふふ。それで、マンデリシュタームって、なに。

さすがにもう、ただ関心の移りゆくまま転々と話すばかりでないらしい。はぐらかされまい、という意志がちらと覗く。

――なに、というより、だれ、だね。詩人ですよ。ユダヤ人の、ロシアの詩人。

はぐらかすつもりは毛頭ない。つまらぬこだわりかもしれないが、会話の主導権は相手に委ね、もったいぶらず、ごまかさず、かといって押しつけにもならぬよう、ひとつひとつ正確に、ゆっくりと答えることにしている。

――詩人。詩を書く人か。

――そうです。私はね、このオーシプ・マンデリシタームという詩人を研究しているの。

――ふうん、だからたくさんあるんだ。

――うん。

――ぼくはね、詩というものを知ってる。読んだことがあるよ。

そうか、知っているか、と驚く。詩って結局何なんですか、と問われることがこのところやけに増えた自分が、日々考え、たしかに触知しているはずなのに、説明しようとするや何なのかまたわからなくなってゆくものを、知っているか、と。

ずいぶんと大袈裟にとる。だが問いと共に不用意に伸ばされた手が、ただ答えを受けとって満足するのでなく、すぐさまふたたびこちらへ伸びて差し出してきた言葉に、なにやら強く感じ入るものがあって、二の句が継げなくなった。

――それは……すばらしいことです。

――どんな詩人なの。

――読んでみるかい。

迂闊であった。早くも恣意に振れたな、と自分を恨むが、もう遅い。

――うん、読みたい。

――それじゃあ、私が訳したものを、ひとつだけ。

ままよ、とプリンタから吐き出されたA4用紙を手渡してから、読めない漢字があるかもしれないと思ったが、紙面を追う目に迷いはない。その姿を見て、このうえ自分からは何も説明すまい、としずかに意を固めた。いまさら、座りもせずに立ち話をしていたことに気づく。相手はもう、ぱんぱんに膨らんだリュックを背負ってすらいる。

——とてもいい詩だね。

予期していたよりも早く読み終えて、手料理を「おいしい」と言うかのように笑顔で言う。

——そうですか。

——うん。いい詩だよ……これ、ほしいな。もらってもいいかな。

——もちろん。気に入ったなら、あなたのものにするといい。

背負っていたリュックを荒々しく下ろして開け、紙切れをクリアファイルに挟むと無造作に押し込み、力任せにファスナーを閉めてから、また背負う。

——ありがとう！

——こちらこそ、ありがとう。

——え、なんで。

——さあ、どうしてでしょうね。

――えー、へんなの。行こっか。

その日は昼過ぎから雪が降り、積もりに積もった。北国育ちの身体は雪をよろこぶ。客人を送り届けてひとりになると、ひと駅分は歩けるだろう、と最寄りの駅を素通りして、刻々と白くなってゆく道を歩きだした。

人影はほとんどない。平生からの癖で、そのとき頭のなかにある詩を繰り返し、かすかに口遊むように読む。雪が音を吸う。吐く息の白も、降る雪に混じる。

□

からだをあたえられて――わたしはどうしたらいい
こんなにも唯一の　こんなにもわたしのものたるそれを

一八歳のオーシプ青年が一九〇九年に書いたこの二行詩六連からなる総一二行の詩篇は、翌年はじめて詩人として雑誌に掲載された五篇のうちの一篇である。初出時は「からだをもっている」とされていた書き出しは、一九一三年刊行の第一詩集『石』初版の劈頭に、この版かぎりの「息」という表題で収められる際、この世に生み出されることとの受動性をより明確に示す現在のものとなった。

なんとも素朴で、なんとも切実な書き出しである。こうした寄る辺なさは、とりわけ幼年の頃などに感ぜられるものと思う。自分にも覚えがある。みずからの出生という出来事は必ず、事後でしかない。はじまりは常に遅れてやってくる。

だが意識のめざめ、とでも呼べそうな息遣いがここにはある。身体と心とを截然と分つことはできないが、どうやら自分には身体というものがあるらしい、という発見がはじめて、自分というものを対象となす。それが世界に存在していることへの驚きと戸惑いが、めざめと背中合わせのまどろみの欠伸のように、しずかなため息となって漏れる。「唯一の」「わたしの」という形容にいまひとつなじまぬ「こんなにも」の繰り返しが、そのため息をいっそう長く、深くする。

人間は、みずから望んだ形をもって生まれ出てくることなどない。出生それ自体にしてからが、望む望まぬの範疇にない。たまさかに人のかたちにあらはれて、ということになる。たったひとつの、逃れようなく自分のものでしかない、しかし自分の意志と関わりなくいつの間にやら与えられていた身体を持て余し、どうしたらいい、と途方に暮れたまま、人間は認識と行為のあいだの裂け目に打ち棄てられている。

ゆえにその戸惑いには、何をなすべきか、という含みが滲む。運命、使命、と言ってよいか。この身体と心、命を使って、何をなすべきなのか――長じてのちのいまの自分には、それなりになすべきことはある。だが子供は、運命も使命ももたない。子供にそんなものを強いてはいけない。

□

雪は勢いを増しながら降り続く。時折すれ違う人影は、決まって傘をさしている。厚い雲が垂れ込めているせいか、まだ夕刻まえだというのに、あたりはかなり暗く感じられる。傘をささずに真っ黒なコートのフードをひっかぶり、聞き慣れない言語でなにやらぶつぶつと呟きながら歩く人間の姿は、ずいぶんと不審に映るにちがいない。人影になっているのは、むしろこちらでないか。

雪国で暮らしていた頃、雪の日に傘をさす人などほとんどいなかった。まともに傘をさすようになったのは、雨の多い関東に移り住んだ中学時代からで、どうしても好きになれないこの道具を携行するのを極力避け、できるだけフードで済ませる癖が抜けない。二十代も半ばを過ぎてから、やはり人々が一向に傘をささないロシアで一年弱暮らした経験も手伝ってか、何度か努力はしたものの、折り畳み傘を持ち歩く習慣もつけることができずにいる。

幼少の頃は、雨雪のなかずぶ濡れになることも厭わなかった。むしろ濡れるのを楽しんでいたように思う。これは日頃戸外で見かける子供らも同様らしい。いま雪の降りしきるなかを歩く自分も、こうした稚気と無縁とは思わない。雨や雪といった物質を身に受けていると、普段は透明になっている自分の身体が象られるような感覚がある。世界に触れられてはじめて、自分の輪郭が現れる。

そうして我が身の輪郭を確かめながら足を運ぶことに専心するうち、口遊む詩の詩脚と歩調とが重なり、身体がそのまま一篇の詩に取って代わられたようになる。古い皮や蛹殻を脱ぎ捨てる昆虫さながら、自分が身体の内側から晴れやかに剝がれてゆくようで、あらぬ方へ向かうこの身をぼんやりと眺めやる心地になる。

私は歩く、と言うことはもうできない。白い雪の降るなかを、影のように黒い私が歩いてゆく。

□

息をして生きる　しずかなよろこびのことを
だれにわたしは　感謝したらよいのでしょう

望んで生まれたのでなくとも、この世に生きることのよろこびもまた否定できない。これは喜怒哀楽といったように分化する以前の感覚のように思う。「精神《ドゥーフ》」や「心・魂《ドゥシャー》」と同根であるロシア語の「息をする《ディシャーチ》」は、そのまま「生きている」をも意味し、日本語でも「息」と「生く」は同根とされる。ほとんど同語反復のこの「息をして生きる」よろこびとは、生命そのもののそれであり、これまた望む望まぬの範疇になく、快不快の別にも関わらぬものであろう。

ふだんは意識もしない呼吸そのものが発見される。私のものでありながら、同時に私という閾をしずかに溢れてやまないそのよろこびのことを、誰に感謝したらよいのか。キリスト教という条件を考慮するなら、やはり神が含意されているか。だが身体そのもの、生命そのものが意志の発生以前のものであるなら、必ずしもそうした前提に立たずともよいように思う。出生を呪う自意識も、生み出すことの罪の意識も、みずからを生み落とした者に感謝するなどという呪いのような規範も、このよろこびと一切関わりのないものである。

こうした善悪と好悪の彼岸が、文字通り彼方にあるものとはかぎらない。平生は此岸と思い込みながら見ずに済ませている此方より、さらにすこし手前にあるものと取るのがよいように思う。みずからの眼前にあるのでなく、むしろ手元の道具よりも近くにありながら、見ずに、見えずにいるもの——それが人間の身体というものにちがいない。

□

——布団に入るといろいろ考えちゃって、眠れないんだよ。
——そうなんだね。どんなことを考えるの。
——うーん、人間ってなんだろう、とか。
——それは一生考え続けることになるでしょうね、私も。

□

わたしは庭師でもあり　そのわたしがまた花でもあり
世界という牢屋《ひとや》で　わたしは孤独でない

意識がめざめてのちの「わたし」は、認識と行為の主体たる庭師であると同時に、その庭師に客体として見守り育てられる花でもある。「我思う、故に我あり」はすぐさま、「我あり、故に我思う」としずかに釣り合う。

だからこそ「意識のめざめ」と呼べる。ギリシア語の「絶頂《アク》・開花《メー》」にちなんだアクメイズムなる文学潮流に属した詩人の詩篇であるから、「意識の開花」とも呼びたくなる。そのめざめの宣言である「アクメイズムの朝」で詩人は、「物そのものより物の現存を、己自身より己の存在を愛したまえ」と語った。見守る庭師であり、見守られる花でもある「わたし」は、たとえ望んで生まれたわけでない「世界という牢屋」にあっても、決して孤独でない。「我あり、故に我を思う」か。

　もとより物が、人間が単独でこの世界に存在することなどあり得ない。物の現存を愛するとは、ただ好もしい個物を愛でる玩物喪志でない。己の存在を愛するとは、際限のない自閉、自己愛でない。存在《ブィチエー》とは常に、何かと共に《ソ》-在る《ブィチエ》という出来事《ソブィチエ》だからである。ゆえにそこには、「息をして生きるしずかなよろこび」があるのだろう。生存の零度が賭けられた呼吸という行為は、世界を満たす大気の存在を条件とする。どうしたらいい、だれに感謝したらよい、という問いかけは、神という抽象を、あるいは具体的な話し相手を欠こうとも、言語という大気のなかで息を吸い、声を出すという素朴な行為として成立し得る。

　むしろ「具体的な話し相手に話しかけることは、詩句から翼を奪い、その大気を、飛翔を奪う」（「話し相手について」）。意思疎通、情報伝達——こうした概念は、コミュニケーションというものの矮小化でなかったか。それは必ずしも双方向性、相互理解を前提とするのでなく、何かが大気のごとき共通の媒質を介して、ただ交わることとそれ自体を言うのでなかったか。

詩の大気とは、思いがけないもののことである。

同前

驚く能力が詩人の大切な美徳である。だがそれなら諸法則のうちで最も実り豊かなもの——自同律にどうして驚かずにいられようか。

「アクメイズムの朝」

私が私として在ること、詩が詩であることに、どうして驚かずにいられようか。

□

線路沿いの道からはすこし離れたものの、線路と平行に歩いていたつもりであった。だがほんの気まぐれ程度のわずかな軌道の逸れが、距離と共に膨らんでいったか。一向に駅の見える気配がない。どうやら道を外れていた。

道に迷うのは、珍しいことでもない。仕事柄、朝起きて夜寝るという世間のリズムとは縁遠い生活を送っており、夜半にあてもなく出歩く悪癖がある。人間の活動がなく、光の乏しい夜には音も色も欠けがちで、街が昼とは異なる未知の顔を見せる。陰影ばかり濃い横顔になる、とでも言えばよいか。こちらに構ってくることがないから、おのずから歩みは速くなる。迅速に道に迷う。

ところで、目的地のないそぞろ歩きに、もとより道などありようもない。すると道に迷うとはこの場合、どういった事態を指すのか。

だがそれを言うならそもそも、どの道もあらぬ方であり、見守る私が見守られる私に心ゆくまで道を失わせていられる、彷徨わせていられる――そんな気散じと自失の状態を、散歩と呼ぶのでないか。そしてふと私が、そっちじゃない、と歩く私に声をかける。自分を取り戻すと同時に、道を取り落とす。取り落としたことに気づいて、どうしたらいい、と狼狽える。

そんな狼狽も束の間のこと、いっそ線路とは反対側、山の見える方に向かって歩くこととした。相変わらず、たしかなのは頭のなか、口のなかで刻まれる韻律に支えられた歩調だけである。歩調がたしかであればあるほどより着実に道を失うかとも思われたが、息を弾ませてでたらめに歩き続けるうち、見覚えのあるような道に出た。道そのものにというより、その湾曲の具合と、それに沿って歩く身体にかかるかすかな遠心力に、覚えがあった。

一瞬の安堵ののち、途端に興が醒め、次いで嫌な予感がちらつく。果たして歩を進めてゆくと、今度はほんとうに見覚えのある道になった。どうしてこうなるのか。目指した駅とは、まったく反対方向に歩いていたということになる。左手に現れた、うねりながら山の手に続く道路を睨みつける。

そこを登ってゆくと、かつて山の反対側から通い、もう決して訪れることはないと確信していた高等学校の校舎があるはずだった。

□

永遠のガラスのうえを　すでに覆った
わたしの息　わたしのぬくもりが

この世に永遠があるのだとしたら、それは無色透明にちがいない。白では決してない。白が、無色透明のはずがない。白はそこにふと現れる。私が私として、有限のものとしてこの世に在る以上、永遠は、不変は常に損なわれたものとして――ほかでもない私に損なわれたものとして現れる。

実景としては、どうなのか。幼い日になじみのものであった、花の咲かぬ厳寒の冬を思い浮かべる。寒い戸外と暖かな戸内とを隔てる窓ガラスの表面で、室内の温気が冷却され、水蒸気が飽和して液体となり、白く結露する。

こんなあたりまえの現象に、原理を知らぬ子供の頃はひたすら驚き、感じ入ったものであった。やがて子供は、息を吹きかけるとガラスが曇ることに気づく。窓外の冷気が鼻先に感じられるほどガラスに近づき、鼻から目一杯息を吸い、口を大きく開けて、はー、とわざとらしく声を出しながらぬくい息を吐くと、透明の平面に白が現れる。屋外では吐けども吐けどもすぐに消えてしまう白い息が、ほんの束の間とはいえそのまま結晶するようでうれしく、何度見ても飽きない。

次いで子供は、この白の正体を見極めようとする。あまりに不思議なので舌先で舐めてみたのを親に見つかり、不潔極まりない、と叱られたりもする。それでも繰り返し息を吐いて目を凝らすと、束の間白く見えた自分の息は、どうやら透明な水滴に変わるようである。

触れてみると、それは冷たい。子供は推測する。透明と見えたものは、無数の微細な白を含むのかもしれない。自分の息は、そのぬくもりは、すぐさま跡形もなく消えてしまうようだが、形を変えてどこかに在り続けているのかもしれない。

永遠など、まだ知るはずもなかった。だが、どこかに在り続けているのかもしれない、という仮説がはじめて、永遠という架空の窓を子供に覗かせたのでなかったか。

□

さきほどまでの呑気はどこへやら、もはやでたらめに歩きようもない一本道の、勾配のきつい坂をやけくそになり、それでも韻律は乱さぬよう、早足で登ってゆく。やがて校舎が見えてくる。

久しく帰っていなかった小学生時代の街を訪れたときには、一応見ておこうと、通っていた学校を見に出かけた。時折このような試みに出る。いま望まずして目に入れることになった校舎は、奇しくもその小学校とおなじ丘の名を冠した高等学校であった。記憶の上澄みにあるものの方が、底に溜まったものよりも、よほどねばつく嫌悪をもよおす。

ともあれこの学校の図書室には、やはり世話になった。最新号が出るたび不要になる雑誌を引き取ることができ、全集類も充実していた。自分の名の由来の作家を痛罵する「志賀直哉に文学の問題はない」に触れ、一時熱中した坂口安吾の全集を手に取ったのはまちがいなくここで、しかしなにより鮮明に覚えているのは、日本図書センター刊行の愛蔵版詩集シリーズである。母が嫁入り道具に一部もたされ、家の本棚で異彩を放っていた日本近代文学館の名著複刻全集には及ぶべくもないが、この叢書で日本近代詩の名作をひたすら読み耽った。

そうして本によって校舎の記憶を迂回しながらぐるりを歩いてゆくと、正門のまえに出た。驚いたことには、平日とはいえ正月休みが明けてまもないこの日に、門から何人かの生徒が出てくる。かつてうんざりしながら毎日登った急峻な、蛇行する坂道を、傘をさした彼らに混じって、足元の悪いなか降りてゆく仕儀となった。近隣住民から騒音苦情が来るとのことで通行禁止とされながら、ひとり歩きだからとかまわず通り、時折教員に発見されてはくどくどと注意を受けた近道の階段は、チェーンで塞がれている。おかげでこの年になって、どうしたらいい、と惑う間もなく通学路を遵守させられ、規律の不自由を味わう羽目になった。

ようやくのこと、はじめに目指していたのとは反対方向の隣駅に着き、防水仕様とはいえ、電車に乗るのがためらわれるほど濡れたコートのフードを脱ぐ。何時間も彷徨い歩いたつもりでいたが、ほんの小一時間の遊歩であったと、雪解けの水滴を拭った時計から知れた。

□

そのうえに刻み込まれる模様が
見分けられない　ついさきごろから

ガラスのうえの白を探究する子供は、この白に指で触れてみたりもする。自分の息の痕に指を這わせると、白い地に虚が現れる。そのうちに、その虚でもって文字でも書きはじめるか。マンデリシタームの独訳者でもあった詩人パウル・ツェラーンは、次のように訳している。

ガラスのうえの模様　筆蹟
それは読めない　見分けられない

脚韻を保持した韻文訳のため逐語訳からは遠いが、一見しずかなこの詩篇にあってひときわ激しい語である「刻み込まれる」を訳さずして捉え、書くことの隠喩を明確に示した果敢な訳である。もとより詩集の表題『石 Камень』には、この語の語源でもあるギリシア語 акме が含まれており、それは「切尖・尖端」をも意味する。ましてや若き詩人の第一詩集劈頭の詩篇とあっては、筆尖を思い浮かべずにいる方が難しい。

肝要なのは、書かれた模様なり文字なりが読めない、見分けられないことである。息が窓に纏わせた白いもやが消えると共に、すぐさま見えなくなってしまうということか。書いた本人が読めないのではどうしようもない、と散文的な非難を受けそうだが、詩というのは、そういうものであるらしい。

あるいは詩篇から離れ、想像を逞しくして、窓の霜を眺める子供を思い浮かべる。霜華とはじつに優美に言ったもので、窓に花咲くように霜が降る。朝のめざめと共に窓に息の白を張り、そこに指の尖端を這わせておいた子供が、やがてその指の痕を縁取るような、氷のきしり音の鳴るのが聞こえるような、息の結晶の開花を目撃する。

□

――どうも耳のよくない詩人が多いように感じてしまいますね。

――まったくです。果たして、声に出して読んでいるのだろうか。

――朗読パフォーマンスのようなものはあるけれども、そういうことではない。

――そうです。そういうことじゃない。暗誦しなければ別の現実をつくりだすことはできない、と斉藤毅さんは仰った。

雪の降るなか呼び出した歌人の友と年始の一献という流れになり、いつもの通り詩のことを話していた。勢い、少年に詩を読ませたと報告することになった。

——わかるのだな、と思ったよ。

——わかるのでしょうね。

わかるとは何か。少年はただ、とてもいい詩だね、と言っただけで、こちらは何も説明していない。わかり合うつもりも、教えるつもりもない。詩というものを知ってる、と彼は言った。内実のわからぬそのひと言への驚きが、私を動かす。それだけである。

□

瞬く間のもやは　流れ去ってしまっていい——
いとおしい模様は　打ち消せはしない

永遠不変のガラスのうえに息のぬくもりが生じさせたもやは、瞬く間に果敢なくも消える運命にある。子供はそのことを、繰り返しガラスに息を吹きかけることで知る。だが一度窓に指を這わせたのちは、ふたたび息を吹きかけようと、その部分だけは曇らないことをも知ったのでなかったか。

瞬間と永遠という抽象の対立の外でなく、そのさなかで繰り返すということが、大切であるように思う。書くことは瞬間でも、永遠でもない。口と手とが織りなす呼吸のごとき往還であり、往還の反復である。気息と文字とが対立するばかりとはかぎらない。

書くことと読むこともまた、截然と分かれているのでもない。息を吹きかけるたび現れてはすぐにまた見えなくなる、読めない、わからない模様を、それでも繰り返し声に出して甦らせ、眺め、いよいよ消えそうになればまたなぞりもする。口と耳、目と手を経めぐる時間のなかで、言葉は生きながらえる。

「打ち消せはしない」というのは、「残る」という肯定でない。消滅の否定という二重の否定である。無限でも永遠でもなく、有限な往還と反復の持続への意志である。それなしに詩というものが、言葉というものが在るとは思えない。

そうして子供は、どうしたらいい、と途方に暮れるばかりの寄る辺なさを離れて、望みもせずに産み落とされたこの世界のどこかに根を張り、花咲こうともがくのであろうか。その傷ましさを忘れることは容易い。だが傷のように刻まれたその記憶もまた、決して消せはしない。

□

わかるとは何か。聞こえる、感じる、とでも言った方がよかったのでないか。

蟬の歌が耳を聾する夏の盛りになって、久々に会う少年を出迎えに最寄駅の橋上駅舎へ向かうと、階段のうえから聞き覚えのない、低い声が降ってきた。いまのところはまだこちらが見下ろすかたちの、身体のいつもの上下関係が逆転していることもあってか、見上げた顔の口の動きと声とがすれ違い、虚を衝かれてその隙間に放り込まれる。声変わりか、とあたりまえのことに思い至るまでの束の間、その空隙を呆然と見ている。

そこに目を覚ましたばかりの、まだ声も発さず、しかし何かに感じて一心に耳を澄ます子供がいる。彼でもあり私でもあり、彼でもなく私でもない、子供がいる。

十三になる年の夏に出て、その年の暮れに一度帰ったきり訪れることのなかった幼年時代の地を踏んだのは、三年まえの夏、父方の祖父の葬儀に駆けつけるためであった。友人などほとんど残っていない。残っていたとしても、互いにながらく音信の途絶えたままであったが、母が親しくしていた、小学校の級友の御母堂と会うことになっていた。

そのまえに通っていた校舎でも眺めてみるかと、昼食の買い出しに出た親類たちから離れた。授業期間中の白昼であるから、不審者と見られては敵わないので、敷地には入らずにおく。何の感慨もない。滅多に撮らぬ写真を撮ってみるが、何も変わらない。もとより、そうした豊かな感受性を持ち合わせていないことはわかりきっている。感傷はべつのところにあった。柄にもないことをやっているのは、ちりちりと身のうちに疼く痛みのせいである。

ひとまず集合した祖父宅は、小学校とかつての自宅とのあいだに長く続く一本道の通学路の、ほぼ中間地点にある。自宅から歩けば、左手に祖父宅があり、右手はというと広大な野原であった。しかしいまやそこには、薬局付きの内科医院と巨大な駐車場付きのスーパーマーケット、ドラッグストアが建ち並んでいる。

ほんとうに便利なんだわ、と祖母は笑顔で言う。そうにちがいないが、それが孫の怒りを一層やり場のないものとした。このいまや存在しない野原が、子供らのまたとない遊び場だったからである。通学路脇なのが困ったもので、虫とりに夢中になるとあっという間に時間が過ぎて遅刻する。近くの医大の実験室を逃げ出したと見えるネズミを捕まえるのに友人と熱中し、やっと捕らえて意気揚々と学校に連れて行ったら昼過ぎだったときには、教師に大目玉を喰らった。

だが子供がなにより愛したこの野原の姿は、冬のものである。

□

あの夏の狩場は冬のあいだ、除雪車やトラックが雪を捨てに来る雪捨て場になった。白い平原に堆く積もってゆく雪が、ほどなく真っ白な丘になる。雪国では除雪にまつわる事故に子供らが巻き込まれがちなため、大人から立ち入り禁止と言われることもあったが、往時はまだ呑気なもので、そんなことはすぐに忘れてしまう。近頃はどこにでも立つようになった、赤ばかり無闇に使う注意・警告の類も、まったく記憶にない。

当然登る。登らずにはいられない。高い建物のほとんどない街であったから、ずいぶん見晴らしがよい。馬鹿と煙は高いところへ上ると俗に言うが、友人と共に考古学や古生物学に憧れていた子供は、探検家気分、学者気取りで歩き回り、発掘作業に勤しんだ。しかし中心部へ足を踏み入れると、目の届く四方のほぼ一面が雪になる。心なしか音も絶え入るようで、うっかりするとひとりはぐれていることもあり、必死に叫ぶ声も雪が吸うのか、響く気配がない。すべてが真っ白になる吹雪の日など、ときに恐ろしい思いもした。

とはいえこの秘境には、町内の雪と共に集められたガラクタをはじめとして、貴重なものが多数出土する。奇妙な形の氷を見つけでもすれば、大発見として讃えられる。気に入ったものは大切に抱えて学校へ行き、屋内に持ち込んでは解けてしまうので、人目につかぬ雪溜などに保管しておく。幼稚なお遊びながら、描くも真剣な、科学者としての手習いの場であった。

思い起こすに子供らは、丘の出土品にかぎらず、とにかく雪や氷を保存しようと、冬のあいだは必死であった。春には消えるとわかりきっているにもかかわらず、ほんのひとときだけ物となって手にもつことのできるこの果敢ない現象を、なんとか資料として留め置けないかと、ない知恵を絞った。

春が来れば、雪の丘も消えてしまう。だがそれは次の冬にも必ず現れる、消えても消せない聖地のようなものであった。その聖地は、もはや永遠に失われた。

□

野原でなく校舎での手習いの数少ない記憶のひとつとして、四年生の頃だったか、冬に国語の授業で詩を書かされたことを覚えている。いま思えば恐ろしいことで、後日全員の作品が廊下に貼り出され、授業参観に来た保護者らの目に曝された。だがこの記憶が失われずにいるのは、その恐怖ゆえでない。出来のよい姉に比して鈍重極まりなかった私が、めずらしく母に褒められたからである。

これは詩だね、と母は言った。詩を詩として読んだことがあったかわからない。正確な文言も思い出せない。ともかく「石橋を叩いて、叩いて、叩き割る」と評されるほど慎重な子供がおずおずと書いたのは、しずかに降る雪、吹雪、積もった雪など、雪の現象形態とその感触を硬度の柔らかい順に記述する二行詩四連の観察部ののち、それらのどれも屋内に持ち込むと解けてしまうことを二行で述べる実験部が続くという、他愛のないものであった。この詩もどきに特異な点があったとするならば、結論部の存在か。正確な言葉は記憶にないものの、なぜか一行であったことだけは覚えていて、雪はやはり雪である、という頓狂なものがそれである。ばかな。物質には固体・液体・気体の三態があり、正しくはH_2Oであると結論すべきでないか。そうした用語を知っていたかは定かでないが、当時は科学少年であった子供は、雪や氷が水、水が水蒸気であることを、経験においても論理においてもすでに承知していたはずなのに、そう書いた。

ただ好意的に見るならば、観察・実験対象がH_2Oであるという結論を導き出せる事象や語彙は、この詩もどきには存在しなかったはずである。その誠意を母が買ったとも思わないが、これは私のためでなく、子供のために弁じおく。

それにしても、あと一行が書かれなかったことが惜しまれる。二行詩六連が、構成の観点からしても至当である。すなわち、雪はやはり雪であり、しかし雪は水である。なぜそう書かなかったのか。雪は水であると言えたなら、雪は決して消せはしないと、証明とはいかずとも暗示することくらいはできたはずである。雪が消えてしまうのが口惜しくて、春になろうとも消えない雪を刻み込んでおこうとしたのか。生半可な感傷は、科学と詩の不倶戴天の敵である。逆接を知らず、論理の徹底を欠いたがために、この子供は書くことのはじまりを摑み損ね、科学者にも詩人にもなり損ねた。

だがやはりこれは、公正を欠く。なぜ雪の丘のことを書かなかったのか、と責めることも、そっちじゃない、と呼びかけることもいまさらできない。子供にそんなことをしてはいけない。

□

旧友宅を訪ねると、御母堂が往時と変わらぬ声で出迎えてくれる。だが居間に通されて話に入ると、やや反り身になり、目を大きく見開いて彼女は言った。

——顔はやっぱり面影があるけど、声があんまりちがって……。

その驚きに共振するように、こちらも新鮮な驚きに打たれる。たしかに、変声期のまえにこの街を出た。いまの自分の声は、いまはじめてこの土地に響いていたということになる。喉の強烈な不快感のほかははっきりと覚えていないが、声変わりは中学一年の冬、束の間の再訪ののちのはずであった。

身と心、書と声だけでなく、声そのものがふたつに割れている。男性特有のものと思われがちな声変わりは、目立たぬことが多いとはいえ、女性にもある。ほんとうは、ふたつどころでない。声もまた筆蹟とおなじく変わりゆくものであって、永遠不変の本質たり得ない。

彼女のなかでいま、ふたつに断ち割られた声がひとつの私の輪郭を囲うように象りながら、ゆっくりと重なりつつあるのだろうか——こちらはというと、みずからの幼年期の場所に他者の耳を通じて生まれ直すような、真っ白な丘のうえに置き去りにしてきた子供の声を迎えに来たような、なんとも不思議な思いがする。

出された珈琲を味わって飲むふりをしてほとんど口をきかぬまま、ふたりの母親が話に興じるにぎやかな声の波に身を浸す。だが耳のなかではすでに、一篇の詩が鳴りはじめていた。

それはいまも鳴り止んでいない。

［］

詩集『石』は一九一六年の第二版において大幅に増補され、たった二三の詩篇からなる三三頁の紙の束は、六七篇を収めた九一頁の本に生まれ変わる。その擁する時間も、一九〇九年を起点とする一九一二年までの四年間から、一年遡った一九〇八年に起点を据え直し、ロシア近代詩の舞台に文学流派アクメイズムが本格的に参入する一九一三年、翌年の第一次大戦勃発をまたぐ一九一五年までの八年間へ、厚みを二倍に増した。

書くことのはじまり、詩人のめざめを刻んだ巻頭詩篇「息」は題名を失い、編年体の編集原則のもと、最初期詩篇六篇のうしろへ回されている。何が第一詩集なものか、とかつては息巻いたが、書くことのはじまり以前へさらに遡る在り方を、いまは好もしく思う。その新たなはじまりを、試みに詩行の順通りに意訳するなら、こうなるか。

つつしみ深きこもり音《ね》は
樹をはなれ　落ちた実のもの
そのめぐりの黙さざるしらべは
森の　深きしずけさのもの……

意訳は好かないが、無理にも原文の順序を守ることには、功徳もある。不意に「音」が鳴り、その主の「実」が現れ、次いでそれを取り巻く「しらべ」と、その母体である森の「しずけさ」へという、形象の継起する順序は損なわれない。

慎重な、くぐもった音がする。これは「虚ろな音」の類の訳が多いが、ただぼんやりとして弱々しいというより、鋭く高く響くのでなく、鈍く低くくぐもることに重心があろう。その音はというと、樹からもぎれた落果のものである。開花ののちに生り、時を経て熟れた果実が、みずからの重みに耐えかねて降る。言葉には融通無碍なところがあって、ギリシア語のアクメーには「成熟」の意もある。

そのまわりには、黙さざるしらべが満ちている。歌の節か楽の旋律、実の落ちる音の伴奏のようなものか。だがしらべというのに、それは森のしずけさのものだという。ほとんど音とも感じられない、葉擦れのざわめきか。それもよいが、しんとしずまる、と言うときの「しん」のようなもの――ともかく透明な無音や音の欠如でなく、沈黙の充溢と受け取るのがよいように思う。

空間が沈黙のしらべの白い粒子で帯電し、ある刻限に物が現れ、現象が、出来事が生じる。空間から時間へ、弛緩から緊張へ、次いで解放へ——意味のうえでは、そういうことになる。愚直に譜面《テクスト》をなぞるなら、現象から物へ、物から状況へ、状況から環境へ——単純ながら、時間から空間に向かって漸次拡大・拡散してゆく音階を奏でる手習いということになる。

□

この練習曲《エチュード》を、手遊びとは呼べまい。存在、すなわち現象たる音によってめざめ、その原因であった物が捉えられてのちに、世界が現れる。ただ、どうしたらいい、と声を発することは未だないまま、誰かが耳を澄ましている。

そうであるなら、文法上の主語「音」が述語を欠いたままこの詩篇が途切れることを示さなくては、嘘にならないか。おずおずとした短い気息がしずかに絶え入る。文脈を断つその杜絶がかえって、繰り返し聴き入ることを強いる。

このかすかな、声ならぬ声の欠片のごときもの。

欠片と呼ぶのはゆえなきことでない。最初期詩篇のいくつかは、ある程度の長さの詩篇から断ち落とされた断片でないかと夙に言われる。断片とは、あり得べかりし全体へ至らず果てたものか、すでに成った全体が破砕されてのちの残欠、破片である。その断ち口が切尖のように鋭くてはおかしい。省略符号《エリプシス》の破線のような鈍い毀れが、破れがなくてはならない。
そうすると、属格を連ねてゆく原文の構文は、日本語においては「…の…の」と逆回し再生のように訳すほかないように思う。

森の　深きしずけさの
黙さざるしらべのなかの
樹をはなれ　落ちた実の
つつしみ深きこもり音《ね》は……

破片とは未完である。未完と円環とは異なるが、全円に至ることなく破れた弧もまた、繰り返しはじめに遡ってなぞるほかない。森の深きしずけさの、黙さざるしらべのなかの、樹をはなれて落ちた実の、つつしみ深きこもり音は、森の深きしずけさの、黙さざるしらべのなかの、樹をはなれて落ちた実の、つつしみ深きこもり音は——ただの逆回しで終わらず、黙すことなき同語反復のしらべになる。

このしらべを、原文では音韻が支えていると思しい。冒頭行末の「こもり ГЛУхой《グルホイ》」は、最終行頭の「深き ГЛУбокой《グルボーコイ》」と、いわば点対称の位置で響き交わしている。そう聞こえたが最後、まなざしも声も、末尾で折れて冒頭へ遡るほかない。

□

それにしても、果たして何の実がこもり音を立てるのか。諸説あり、答え合わせをする気はない。いま気にかかるのは、やはり一行目を「虚ろな音」と訳すパウル・ツェラーンが、実の離れる「樹」を「枝」と訳していることである。

詩集『誰でもない者の薔薇』をマンデリシタームに捧げたツェラーンは、ユダヤ人に特徴的な切れ長の目を思わせるアーモンド Mandel の形象をたびたび用いた。「アーモンドの‐幹

Mandel-Stamm」を語源とする名をもつマンデリシタームを訳しながら彼は、旧約聖書エレミヤ書の問答を思い起こしてはいなかったか。

　主の言葉がわたしに臨んだ。
——エレミヤよ、何が見えるか。
　わたしは答えた。
——あめんどう《シャーケード》の枝が見えます。
　主はわたしに言われた。
——あなたの見るとおりだ。わたしは、わたしの言葉を成し遂げようと見張っている《ショーケード》。

　冬が終わるとまもなく枝に花咲くバラ科の植物あめんどう、すなわちアーモンドは、ヘブライ語では「めざめる」や「見張る」を語源とする「シャーケード」と呼ばれる。モーセの兄で、共に出エジプトを指導するアロンがその名を書き記し、神の承認の証に花咲きたわわに実を結ぶのも、アーモンドの枝でつくられた杖である。ツェラーンの耳は、この枝を見たのではないか。いち早いめざめののちに成熟し、幹《シュタム》を、すなわち樹をはなれて、あめんどう《マンデル》の実が落ちる。

すると森のしらべのなか、母体から振り落とされ、生まれ落ちるかのように降るのは、詩人のこの身のことか。誰かの声《シュティメ》が、この未だ無言《シュトゥム》の身を名づけて呼ぶかのように、その名が鳴るのか。

マンデリシターム МандельштаМ という名は、はじめと終わりの喃語のごときMにくるまれ、決して高くは響かず、低くくぐもる。名ほど空虚な言葉もない。マンデリシタームなる名が指すのは、マンデリシタームでしかない。名とは、際限のない同語反復でなかったか。しかも姓とあっては、それは生まれ出るまえからあらかじめ刻まれてある傷のごときものというほかない。

□

果実とは、花が咲いてのち、種子を宿す子房を中核に心皮などの器官が成熟した構造体の総称である。アーモンドの果実は石果に分類され、緑色の外果皮、果肉である白色の中果皮、茶色の種子核、一般に食される仁の四層からなる。

アーモンドの樹には、八月から九月にかけて梅の実よりひと回りほど大きな実が生り、この実は成熟しきると枝についたまま果皮が裂け、めざめて目を見開くように、種子核が露わになる。この裂開が収穫期の目安となり、樹を揺すって振り落とすと雨のように鳴りながら降るという。そうであるなら、森に満ちるしらべはざわめきのごとく、激しいものでなくてはならない。しずけさの黙さざるしらべなど、撞着も甚だしい。

だがこの実の自然落果は稀であるという。森のしずまりのなか、開花ののちの成熟を経た実に、鋭い切尖が刻んだような傷が開いてゆくのだとしたら——それもひとつでなく無数の実がめざめつつあり、我が身を放下するような出生の落果を待ちながら、しずけさの、音にもならぬ音のしらべを奏でるのだとしたら。沈黙の、声にもならぬ声の歌を、それでも黙すことなく歌うのだとしたら。

目に見立てられることも容易に納得できるこのスモモ属の果実は、巴旦杏なる和名をもち、扁桃とも呼ばれる。かつては扁桃腺と呼ばれた扁桃は、発声に直接には関わらないが、口を開くと喉の突き当たりの両脇に見えるリンパ器官である口蓋扁桃を主に指し、形状の類似からそう名づけられたという。これは多くの西洋言語においても、ロシア語においても同様である。

めざめと共に口を開き、しかし未だ声を発さぬままでいる、無数のものたち。その未生にして絶えだえの息遣いの響きが、しずけさの黙さざるしらべとなって満ちる。一心に耳を澄ますとどこかで、何かがこの世界におずおずと生まれ落ちる音が、鈍くくぐもり、低く響く。

めざめとは、私に開く裂け目のことでなかったか。私の出生とは、世界に刻み込まれる傷であり、私もまた傷そのものでなかったか。なべて生きものは生前に傷つくだけでなく、生以前に傷ついた傷として生まれ落ちるのでなかったか。

そのことに気づくとき、久しく見分けがつかなくなっていた幾重もの傷が、ふたたび開く。みずからが生まれ出たことの取り返しのつかなさ、生まれ出ることなく世界の縁から零れ落ちた未生のものたちの取り返しのつかなさに、人という生きものは等しく傷つく。

けれども、告げる声なく告げなければならない。呼吸はもう小さな嵐、と。いとしいものには、生きものの破綻を懸けて。

平出隆『胡桃の戦意のために』

その自分であり自分でなく、誰でもあり誰でもないものの傷をいとおしい模様として、痛みと共に繰り返しなぞるように書かれ、読まれるものを、あらかじめ刻み込まれた類の破綻を懸けた個の果敢ない架空を、詩と呼ぶのかもしれない。

——ぼくはね、詩というものを知ってる。

跋

近所の小山のうえに梅林がある。梅の木の植わった区画を抜けると広い草地に出る。高い建物のない街の高所で仰臥すると、視界一面が空になる。草地の中央には電話ボックスほどの小さな木製の管理小屋が建ち、電線を引いている。

昨年の三月、大気の澄んだ晴天の朝の草地に寝転んで天を仰ぐと、視野の中心の太陽を垂直に裁ち、架空線が走っていた。ケーブルハンガーが点々と見え、本のノドに覗く綴じ糸のようだった。糸が太陽のなかに、黒が白のなかに消え、回折する光が射してくる。

点光源と光とを分離する架空の線が、面を作る——光る声に促され、憑かれて久しい言葉だった「架空線」を、おずおずと手繰り寄せはじめた。この架空の糸電話がなければ、私は一語とて現実のものにできない。「現実はありません、現実は探し求められ、獲得されるでしょう」―（パウル・ツェラーン）。

その夏、未知の土地での講義へトミヤマユキコさんがお招きくださり、自身から多方へ伸びた架空線を眺める機会に恵まれた。聴講者との対話を経て再構成したこの「虚講」に港の人の上野勇治さんが手を差し伸べ、出帆へお誘いくださった。講義だけでは本にならぬと足踏みした末、編集の井上有紀さんからの激励、文字通りの激しい励ましを受け、足許の地上の現実に発して、試文としか呼べぬ何かを書き下ろした。

二文とも発端は自身の意志でないが、書きたいことを書きたいように書くなど虚しい。表現の自由、解釈の自由、自由詩――自身から自由でない自由ほど疑わしいものもない。他者なくして自由はない。「形而上学はここでは無関係だ。現実だけが、別の現実を生ぜしめることができる」（オーシプ・マンデリシターム）。「あとの残りはすべて文芸《そらごと》」（ポール・ヴェルレーヌ）。本書の発生を援けてくださったお三方に、厚くお礼申し上げる。

声は、光は、大気に遍在するがゆえに捉え難い。だが「黒なる色は生ける〈不可能〉を擁する。その心的領野はあらゆる思いがけぬことの、あらゆる絶頂の中枢である。その威光が詩人らに連れ立ち、行動の人々を準備する」（ルネ・シャール）。カジミール・マレーヴィチの《黒い正方形》のように、黒はみずからが呑むすべての色に、白い光に支えられている。本書を出生まで支えてくださった無数の方々に、深く感謝申し上げる。

未だ無いものをすでに手にしたような装幀への礼には、いつも驚く。本も詩も、降って生るのを寝て待つのでなく、立ち上がり、足で強く地を蹴って、空を切るように手を伸ばし、架空を束の間摑んで作られる。だから人の心をかくも狂わせ、慄わせ、高鳴らせる。「私は命令法的未来分詞の、受動相の——「あるべきである」のなかで生きたい」（マンデリシターム）。私でなく本が、詩がそう言う。

任せると言いつつ口を出す頑迷な著者の不純な手から、版元の堅固な精神が決然と本をお守りくださると信じる。汚し甲斐のある、清潔な本になっているにちがいない。

二〇二三年六月

文献一覧

Айги Г. Поэзия-как-Молчание. Москва, Гилея, 1994.

Мандельштам О.Э. Полное собрание сочинений и писем. В 3 тт. Т. 1–2. Сост., подгот. текста и коменнт. А.Г. Меца. Москва, Прогресс-Плеяда, 2009–2010.

Celan, P., Gesammelte Werke in sieben Bänden. Bde. 1; 5. Hrsg. von Beda Allemann und Stefan Reichert unter Mitwirkung von Rolf Bücher. Frankfurt am Main: Suhrkamp Verlag, 2000.

Valéry, P., Cahiers I. Édition établie, présentée et annotée par Judith Robinson, Paris : Gallimard, coll. « Bibliothèque de la Pléiade », 1973.

秋山伸「透明な紙、白い紙、それらの影」『ユリイカ』一月臨時増刊号〈総特集　戸田ツトム　1951–2020〉青土社、二〇二〇年。

郡淳一郎、白井敬尚、室賀清徳「座談会　タイポグラフィの七燈　地上、紙上、ディスプレイ上で」『アイデア』三一〇号、誠文堂新光社、二〇〇五年。

シャール、ルネ（吉本素子訳）『ルネ・シャール全集』青土社、二〇二〇年。

寿岳文章『図説　本の歴史（エディター叢書27）』日本エディタースクール出版部、一九八二年。

鈴木一誌、戸田ツトム『デザインの種　いろは47篇からなる対話』大月書店、二〇一五年。

『聖書　新共同訳　旧約聖書続編つき　引照つき』日本聖書協会、一九九八年。

戸田ツトム『電子思考へ…　デジタルデザイン、迷想の机上』日本経済新聞社、二〇〇一年。

戸田ツトム『陰影論　デザインの背後について』青土社、二〇一一年。

栃折久美子『製本工房から』冬樹社、一九七八年。

バフチン、ミハイル（伊東一郎、佐々木寛訳）『ミハイル・バフチン全著作』第一巻、水声社、一九九九年。

平出隆『胡桃の戦意のために』思潮社、一九八二年。

フォション、アンリ（阿部成樹訳）『かたちの生命』ちくま学芸文庫、二〇〇四年。

正岡子規『墨汁一滴』初出切抜帖、国立国会図書館所蔵資料。

松江泰治『ＬＩＭ』青幻舎、二〇一五年。

マンデリシターム、オーシプ（斉藤毅訳）『言葉と文化　ポエジーをめぐって』水声社、一九九九年。

三木成夫『生命とリズム』河出文庫、二〇一三年。

本文中訳者表記のないものは引用者訳に拠る。

澤直哉　さわなおや

一九八七年、ドイツ連邦共和国ハノーファー生れ。北海道に育つ。早稲田大学大学院文学研究科博士課程単位取得退学、修士（ロシア文学）。早稲田大学非常勤講師。

単著に『花を釘となす人　菊地信義に』（via wwalnuts、二〇一五）、共著に『言語と美術　平出隆と美術家たち』展図録（発行：DIC川村記念美術館、販売：港の人、二〇一八）、編著・設計に《平出隆最終講義＝展［Air Language program］》図録（多摩美術大学、二〇二〇）。論攷に「線の倫理のために　河出文庫における戸田ツトム」（『ユリイカ』一月臨時増刊号〈総特集　戸田ツトム　1951–2020〉、二〇二〇）、「「盗まれた大気」への亡命　ナターリヤ・ゴルバネフスカヤの「長いお別れ」」（『総合社会科学研究』第四集四号、二〇二二）、「〈等しさ〉の詩学　O・マンデリシターム「アレクサンドル・ゲルツォヴィチというひとが…」の反転・回転・転移」（同前、第四集五号、二〇二三）他。

架空線

二〇二三年十月三十一日初版第一刷発行

著者　澤直哉
発行者　上野勇治
発行　港の人
神奈川県鎌倉市由比ガ浜三―一一―四九
〒二四八―〇〇一四
電話〇四六七―六〇―一三七四
ファックス〇四六七―六〇―一三七五
www.minatonohito.jp
装丁　港の人装本室
印刷　創栄図書印刷
製本　博勝堂
ISBN978-4-89629-425-5　C0095